渡

金沙作品集・短篇小說選

金沙｜著

真實的金沙（代序）

／摩南

一九四八年，金沙來到曼谷，他接觸的第一個人是我。他是雲南人，我是四川人，這兩個地方的語言音調，沒有太大分別。何況民性純樸、節儉、誠實，加上我們同是離鄉背景的青年人。相處下來，很快投入，融洽一如家人，非常自在。

金沙到曼谷不久，就去中原報上班，我常寫些文藝作品，託他投稿。後來，我到世界日報工作，他又為我惡補，教我怎樣做編輯。從此我們走在一條路上，而他一直是我的前衛；我離開世界日報廿多年後，他又受林主編煥彰先生之託，邀我復出；無論我怎樣拒絕，他還是有辦法牽引我跨進「湄南河」，一旦我的作品發表了，他第一個給我電話，鼓勵我給我加油，讓我走出失去老伴的愁城，重新振作，經常寫稿，而得到寫作的快樂。我能有金沙這樣的至友，是非常幸運的。

從金沙走進報館的第一天，直到現在他一直是編輯，最初他編國際新聞兼寫社論，後來也編內地新聞；最令人驚喜的是，他客串文藝版編輯的時候，不但培養了不少的青年作者，還展現了他在文藝創作的燦爛光芒——

由於他熱愛國家民族，更熱愛真理正義，對人類基本權利，如人權，如自由，以及最起碼的安定生活，他都有使命感。所以他力求上進，廣泛閱讀以充實見聞，故能熟習國際事務，瞭解政治脈動。每當他談起時事，他會興高彩烈，有根有據的分析和論斷，儼然一位政論家。這固然是他與報業同步的豐盛成果，也是他長時期在報業同步的豐盛成果，也是他長時期在報界工作的漂亮的成績單。

真實的金沙，是很有個性的，他所賦有的文人風骨，表面看起來是嚴厲而驕傲的，乍看或可以說是易怒而壞脾氣的。原來他忌惡如仇，凡他不能認同的，他決不妥協，更不低頭，在社會上怎能不吃虧？怎能不教關愛他的人看在眼裡，痛在心裡！好在他生性淡泊，凡事低調，故能安之若素。

我以為我很了解金沙，因為我們能談心，能分擔煩惱，也能共享大大小小的樂趣。他在工作上，寄情於文藝寫作。十多年前他在「世報」小說版以滄瀾筆名發表過五萬字的《寧北妃》、十五萬字的《閣羅鳳》及五萬多字的《點蒼春寒》，都是歷史故事小說。其中《寧北妃》曾由台灣《小說雜誌》特約連載，我也最喜歡《寧北妃》；那是一本很有巨著氣派的歷史小說，可搬上舞台，可編成電影，讓我真正認識了他的才華，他的寫作真正入「流」——最近幾年的許多短篇小說、散文、新詩，我認為他寫小說最能發揮他的「本領」。他最特殊的本領是製造高潮，幾乎是每一篇小說的結局都讓你來不及接受，如〈玉魂〉、〈變天〉等，真是神來之筆，令人不得不「拍案叫絕」（借舊小說老調）。此外，他的筆調，他的用詞用句，都是優美可喜的。他寫情寫景，往往如詩如畫，非常可愛，因為他天生多情，善感，易夢，既執著，也內向。這樣的性情，這樣的人，寫作的時候，恨不得把自己鑽進去，所以才有佳作。

寫到這裡，讀者一定也想知道金沙的感情生活。當然，他在大陸、在曼谷，都有令他刻骨銘心，一生難忘的戀情；但結果是娶得賢妻，為他生育了美麗而聰明的女兒。這一家人的細膩而濃厚的親情，總是令人感動。尤其是小女兒飛飛，是朱拉隆功大學與北京大學首次課程合作第一屆畢業的文學碩士，她兩次到北大進修，才能以泰、中兩種文字分別寫碩士論文。就泰國華人而論，像我們這樣的外省人（非潮、客、瓊、粵），有子女在中文上下功夫能獲得碩士學位，且能徹底融入當地社會，該是一種可貴的榮譽。

如今，金沙接受了飛飛的建議，選出他最喜歡的短篇小說結集成書作為紀念。我趁此機會寫出我所知道的金沙，在泰國華文報界，他才是「永遠的編輯」，也是我永遠的至友，讓我一併獻上我的祝賀和祝福吧！

二〇〇五年十月廿四日

緣起（自序）

／金沙

幾十年了，都沒有出書的念頭。似乎在一個偶然之間，而且是在這把年紀居然興起結集一本盡都是談情說愛，甚至多半是出之以遐想的短篇小說。好像有點「天真」、有點「滑稽」，或者說有點像京戲票友粉墨登場的情景，覺得好玩，近乎自我陶醉。

無論是天真與滑稽，好玩或不知從何而來的勇氣，卻都是快樂的事，而其成因有足堪一談的點點滴滴，趣味和機緣。人生本就十分短暫，但美的記憶，剎那即是永恆；似乎越能感覺到細微處，越是精妙的過程。

對一個甘願淡泊的人來說，興之所至結集自己所寫的文章，出一本或兩本書之前，大致都有陸放翁「遺簪見取終安用，敝帚雖微亦自珍」的意思。所謂敝帚自珍，該是既實際又謙恭的人生態度。當然，就我自己而言，仍是「玩」的成分多。

這本以《渡》為書名的短篇小說之能問世，有好像早已鑄定的緣份。多年前寫了篇帶點宗教與人性衝突，對「色即是空」開個輕鬆玩笑的〈渡〉發表後，反應不惡，得到朋友們一再稱讚。詩人嶺南人不久就寫了一篇〈落髮、留髮，出家、還俗——讀金沙的〈渡〉〉，嶺南人把

〈渡〉與中國名家汪曾祺的〈受戒〉相媲美，說他看了不下十次，還和作者說：「閣下將來出版短篇小說，最好以《渡》為書名。」

應該說，這本短篇小說集之孕育及誕生，係來之於摯友的鼓勵和我女兒的推動。如果沒有摯友的鼓勵和女兒飛飛的推動，我也許拖到不能動筆，也都不會有這麼「偉大」的決定。

這些情形，都跟摩南在電話中喋喋不休的講過。摩南在五十多年前出過一本《解開了的結》後，數十年來和我一樣，沒有任何出書的意思。驟然間，知道了我女兒「獻策」之後，好像大為開心，問：「你怎麼辦？」我反問：「我該怎麼辦？」

摩南：「出吧！你先出小說，再出散文，然後你那些《寧北妃》什麼南詔大理故事一大堆也都出。」我趁此機會提出要求，說：「先出這本短篇小說再看情形，但書總要有篇序，寫序要精神時間，推己及人，便不想去麻煩人。所以，就只好勞駕大姐隨便為我寫一篇了。」

「你不願麻煩別人，就不怕麻煩我；還有，什麼個隨便寫法？」我趕忙解釋：「您最了解我，比較容易動筆，更重要的是，飛飛一開始便說請溫媽媽寫序；理由多著呢！」

很快，我就收到〈真實的金沙〉一文，我自己在摩南筆下好像無從遁跡。如此，這本小說就真的活起來了，而且增光不少。

本書共集近些年寫的短篇小說三十一篇，其中有三兩篇是年輕時所聽到的家鄉故事；既然是小說，少不了就有虛構的成分。所有的，近乎遐想的，離離奇奇的愛情故事，都有作者生活際遇中的影子，或因感觸而產生的愛恨情仇。可一言以喻之為「荒唐言」。但作者自己不作此想，而連想到的是人人掛在口頭上的「愛情」，非常偉大又縹緲的愛情，究竟是什麼回事，或什麼叫愛情？恐非三兩本書可以說得明白，甚至永遠也難說明白。作者的想法是，古往今來的文字，中外無數精彩或未為人所注意的言情小說，都一直在演釋這回事情，無論是愛多情少、情多愛少，愛一輩子、愛一剎那，有情無愛、情愛共擁、同床異夢、天涯相思，種種，剪不斷理還亂，因而有永遠寫不完、演不盡的情與愛。亦如葉慶炳所說：「愛情是人類最原始最自然的感情，過分的壓抑或是過分的放縱都是人類的不幸。」

這本短篇小說中，有情和愛的真實天地，也有朦朧難以透明的境域。消遣可也，不必認真。

二〇〇六年一月十四日

目次

附錄

渡

冬寒未盡，陽春的腳步已悄悄踏入盤龍山區，樹梢添了點點綠意……

智生和尚年方十五歲，每走出東林寺，總是在住持慧光佛爺前後。東林寺係千多年前南詔時期留下來的古剎，與其他圓通寺越秀寺等齊名。千多年來屹立在盤龍山腳的東林寺古意盎然，松柏長青，在遠近生活的眾生更覺得佛光普照，不輕易敢進出；每要到東林寺燒香拜佛，須先齋戒三日，潔身換衣。進入寺門立刻感到有股仙氣逼來，舒服暢快，但不知是什麼原因，至連呼吸都放慢下來，彼此說話也都輕聲細語。遠近來朝東林寺的人眾，內心深處還有個願望，便是想一瞻慧光佛爺的岸然丰采。

人們每見到慧光活佛皆合十為禮，剎時之間彷彿就有一種舒適之感，似乎因活佛的慈祥而感悟到山川靈氣，情緒上的紛擾頓消。

智生和尚仍被視為小沙彌，今天他走在慧光佛爺前頭，相距已五十步之遙，偶然他在一塊大石前停了腳步，雙目望向石旁草地，那兒有兩隻拳頭般大的青蛙疊在一起；稍端詳之後，他感到臉耳發熱，心意有些恍惚，趕忙下了決心繼續趕路。不一會，慧光佛爺也走近那塊大石頭，他有意要觀察一下方才智生為何止步，一眼便見石縫抽出一根新芽。啊！春天的氣象，慧光微微點頭。他想，智生對生老病死，對自然「悟」了；孺子可教，善哉！

盤龍山並不高，山腳除東林寺外，相隔不遠炊煙裊裊有十多戶人家。東林寺正對面，隔著一條「猛水河」又有百多戶。雖然隔著一條河，兩岸所有人家皆屬於盤龍村，村中人又都彼此熟習，歷來敦睦，婚嫁往來。東林寺這邊的幾十戶人家均種地而不耕田，像寸光惜夫婦便以種蠶豆為生；蠶豆新出，就採摘裝入背籮由家中唯一的女兒招弟揹往對河零售。招弟的兩腮吹彈得破，十六歲的年紀，一身曲線，天生成圓潤雕刻，恰到好處，有一股形容不出的美。蠶豆新出季節，她總要揹著背籮，渡過猛水河，待把蠶豆賣完，復渡河回到盤龍山腳。

這個帶有靈氣，具有仙意的地區，除了受眾人尊敬，仰之彌高的慧光活佛外，還有一事是遠近稱奇的，那便是渡過猛水河的渡，自來稱之為「仙人渡」；「仙人渡」只有一支獨木和一艘渡船，前者是東林寺的出家人用的，後者是兩岸人家來往用的。東林寺年紀稍長的和尚都會很輕便的跳上那支獨木，順流輕駛渡河，若是慧光活佛掌舵，尚可乘兩名徒弟。所謂舵乃是一根長竹竿。自來東林寺的和尚不但習武，也須學會跳上獨木渡猛水，兩岸人所乘的渡船，除渡夫外一次最多也祇能乘兩人；渡夫歷來是一家姓沙的世襲，沙家操渡船非為生活，而係行善。

猛水河雖暨不很深也不甚寬，不乘渡船卻難越過，最可怕的還是，猛水河中的水能致人於僵冷，瞬即返魂乏術。

太陽將墜時，慧光活佛帶著智生和尚飛也似的到河邊準備渡河返寺，一眼瞧見賣蠶豆的寸家招弟，她因見不到渡船正焦急萬狀。慧光洞悉一切，心中已有渡她過去的打算，所以把行動放慢。智生和尚因歷來心中有招弟的影子，這時裝得大智若愚般欣賞眼前曲線，覺得十分舒服，心中彷彿有小鹿在撞，逐漸一臉通紅，恍惚間，他聽到招弟的聲音：「活佛爺爺，沙大哥的渡船不見；我？……」

慧光活佛道：「別怕，衲會渡妳過去的。」

智生頓時緊張到不知如何是好！招弟也一時說不出話，睜大眼睛望著一位神仙和一個與自己年齡相若的和尚發愣。

歷來，出家人絕不接觸婦女，和尚化緣時，婦女衹能把佈施的東西放在和尚托著的缽中，而不可直接遞到出家人的手裡。

智生眼睛望著一個週身充滿青春氣的大姑娘，心中正想，不知道慧光活佛怎樣渡法？

這時慧光活佛叫招弟把背籮放下，從袈裟裡伸出另一隻手抓穩背籮邊緣，再叫招弟跨入背籮，手、腳，包括一個圓臀的完美曲線，令智生如醉如癡，他甚至連想到青蛙……

智生方感到一身發熱，衹見慧光活佛把背籮一提，掛在肩上，從容解開獨木繫繩，取了長竿，叫智生先縱上獨木，然後輕輕一躍，身邊掛著背籮，獨木穩穩的往下游衝去，不料背籮的揹帶支持不了招弟的重量，「喳！」一聲，招弟忙將兩手摟緊慧光活佛的脖子。背籮登時脫出，慧光活佛衹好反手一把抱著招弟的蠻腰，穩穩的撐著獨木。

這千鈞一髮的變化，都已瞧在智生和尚眼中，心裡卻覺著招弟似象牙般的手摟在自己頸上，更想像一手摟著她的蠻腰的味兒；還有那青蛙的靜止狀態，他進入恍惚之中，頓時身熱，臉熱，心燒！瞬間，慧光活佛撐木靠岸，叫智生下木繫好。智生類乎方醒過來，一面念「阿彌陀佛」，一面跳下獨木，把繩索繫上木樁。

慧光活佛抱著招弟輕躍上岸，像放一件東西般把大姑娘放下。招弟拜了活佛，趕忙拉好衣服，又彎身整了褲腳，此時慧光活佛已朝東林寺走去，智生跟在後面，尚不時回顧招弟。大姑娘當然也留意了智生和尚，心裡想：「看什麼的，出家人？」

智生腦裡游盪著的，是寸家小招弟的身體，天衣無縫的由不同的曲線組成，一身放射著活力，教人不瞧不得，瞧了心中又像在盪鞦韆。而現在，他猶彷彿站在渡河的獨木上，很不穩，得用神鎮定著身心；更有進者，他感到一身發燒，不知要如何方能冷下來。

回到寺裡，一會兒天便黑了，但他眼前卻有個人影。當天夜裡，智生恍恍惚惚不曾入夢，也一直像在夢中。

第二天清早，智生便無法起床，一身熱得像在烤火。不一會，慧光活佛來到他的僧舍，站在他床前，親切的說道：「智生，你還中用嗎？讓師父為你切脈看看。」

智生本是冰雪聰明的伙子，立刻鼓起勇氣和他師父直話直說。答道：「活佛師父，昨天渡過猛水河後，師父怎能入睡的？」

慧光恍然知情，念了聲「阿彌陀佛！」然後說道：「渡過了俗人，渡過了也就了了。智生，你是在修持，不可胡思亂想。」

「但，師父！為徒的恐怕修持不下去了，眼前心中，一直有昨天黃昏同渡者的影子。……」

「驅除！做得到你方能修持下去。」慧光一面說一面伸手為徒弟切脈。霎時，活佛擔心起來。想了一下，嚴肅的和智生說道：「師父有兩條路讓你走，一是衲將藥丸予你服下，把你凍結不省事七十二天，待活回來，忘卻那渡客，好好修持；一是讓你還俗，到人生苦海中去奔波勞碌，在名利場裡煎熬折磨直至與草木同朽。你思量好告訴師父。」

小沙彌睜大眼睛望了他的師父一眼，慢吞吞的哀求：「就還俗吧！智生本祇是青蛙草蟲，過不了渡。」

慧光活佛搖搖頭走出僧舍，望向盤龍山頂，心中想著，祇因昨日黃昏把寸家小招弟渡過猛水河，智生沙彌卻因此墜入情海無法自救，毀滅得那麼迅速……

（一九九六年三月三日）

藝術生命

誰也不關心他的來歷，當然也無人過問他是怎麼活著的，鄰居卻都有共識，他不會吹牛拍馬、屈膝哈腰，更別說趨炎附勢了。這個人就靠雕刻手藝度日，向木材店買些小件和零碎的木頭，憑一時的靈感，隨材料形狀大小，以雕刀等工具，非常熟練地製作出人見人愛的藝術品，精緻、高雅、境界高。每三兩天，他便把五七件比較大眾化的作品，一兩件藝術性很高的精湛心血結晶，搬到鬧市街邊擺賣，他稱之為雕蟲小技。一般的小品製作每件四、五十銖，很容易售罄，品味高的精品亦不乏買主。

畢竟是藝術家，其買賣情調也皆不俗，他對能否成交幾乎立即知曉，絕不濫費口舌：例如上週末，有對高鼻子白種夫婦過其攤前，視線即被其作品吸引，終於蹲下來端詳，稍後隨手拿起「一隻手掌捧著美乳」的雕件，一再欣賞，不忍釋手。兩人細聲交換意見後，問：「多少錢？」藝術家帶有幾分靦腆地答道：「我的作品沒有價格，買家以為值多少便出價，但只有一次機會，我願售即售，我如不願出手便彼此無緣了。」

那兩夫婦見擺地攤者如此這般，反而萌生敬佩之心，細聲商量一會後，取出一百美金雙手奉上，嘴裡說：「我們非常喜歡這件藝術品，給我們做個紀念吧！」

兩下「ＯＫ」成交，「拜！拜！」而去。

他就這樣生活，蝸居十分簡陋。

常闖進小屋的她，逐漸羨慕他的生活方式，先是送點吃的，後來自動為他掃掃地，終於為他洗起衣服來。因她不問他什麼，他覺得可以相處，終於配對成雙，陋室生春，藝術家創作活躍，收入可觀。她心滿意足，喜他聰明憨厚，多才多藝。偶然問她和他說：「這樣度日也頗有意思，自由自在。但必然的難以致富，當然也就不必羨慕高樓大廈了。」他笑一笑回道：「我本就不想有什麼累贅，只想用自己之所能，賺一點錢養活自己，過自己喜歡的日子，不看別人的臉色，活在興趣中，而這也正是我活著的理由……」

他雕啊雕，刻啊刻，有時眉飛色舞，甚至縱聲朗笑，但他雙手不動時，又不知在遐想什麼？她看他樂在其中，也確知他並無神經病：與他生活在一起很有情趣，自在清高。鄰居與親朋戚友暗地裡議論，認為她嫁了個古靈精怪的巧木匠。久而久之，她在潛移默化中也沾染了些藝術氣息，氣質與舊時大不相同，品格以及對生命的認識有了提升。她，無論如何，總知道自己實在還並不怎麼認識這位巧木匠，很多時候的很多他的語言，有趣而高不可攀，他的錢得來似乎容易，但他隨心所欲地支出時，瀟灑而毫無吝嗇：在她心中，他不同一般。

上週末收攤回家時，他一腳踢到飯碗大的一塊硬木頭，拾起一看非常喜歡。紫檀木，竟會有人棄於馬路上；後來他想，那是墊棺材用的。這是運氣，他帶回蝸居仔細估量了一陣之後，把它雕成一顆心，然後打磨光滑，顯然就神似一顆心，一顆人心；他把它擺在桌子上，愈看愈覺得有意思，還買了個袖珍竹籮把它罩好。這以後，他每天回到家總要揭開竹籮，望著那顆心出神、遐想，他想心之為妙，有的是慈悲心，有的是惡毒心，有的不是紅的而可能是黑心；他還聯想許多曾愛過他的心，以致目前與他近乎相依為命的她的心。他確乎知道她的心是純潔善良的，而擺在眼前的雖是一顆木頭心，但卻是他理想之所寄的心；是一件從一腳踢到又一變而為最單純也攀附著絕不單純的藝術心。它算不算是件藝術品呢？他在心裡曾慎重其事地想過，當然是藝術品，而且正是他的藝術良心，他的藝術生命之具體呈獻。當然他也想到，如果它真的有生命而且能與自己對話多好！無論如何，他當它是他最心愛的藝術生命。

當疲累了休息之時，他便揭起小竹籮對著那顆心深思玄想，以致腦裡驚濤駭浪，風雨齊來，也曾一再熱淚縱橫，從而兩手握著那顆心，頭垂在桌邊，讓小屋空間靜寂下來……

女主人翁因此漸漸地感到不安，最切要的是她想他的心已向著別的心。她雖樂觀天真，卻已有些很不安心，想到要試試他的真情。終於她趁他出門時，買來一隻小鳥，她把木心藏起來，把小鳥罩在竹籮中，等待著看他如何面對。

他帶著笑容歸來，照例把所賺的錢拋在一邊，坐定養神一會兒，四顧尋覓一下有一顆純潔的心的伴侶；她在忙著呢。藝術家於是合起兩掌擦幾下，從容而非常愉快地把那小竹籮一揭，「噗！」飛了！他沒有看清楚，也沒有意識和來不及看清楚；他來得及的是大笑起來，是恍然發現他的藝術生命活起來了……

他笑出眼淚，不停地大叫：「活起來了！活起來了！」

（二〇〇三年三月十日，載《香港文學》）

雞足山下風雨雪

秋天七月，大理的風如有神在駕馭，絕不吹飛片瓦，但行人得瞇起雙眼，想一看蒼山頂的雪可辦不到，遠眺洱海中的漁舟自然也不方便。一大清早，路人稀少，只有鳥語伴風聲，乾葉子刮過石子路的沙沙聲。這時，聖鹿坡前有位手持禪杖的壯健和尚，赤著腳飛也似的行進。他是南詔王皮羅閣的二王子閣顛。閣顛和尚係在雞足山修持密宗，在蒼洱區名聲響亮。這壯健和尚一瞬間便到了閣羅鳳王子的練兵禁地。閣羅鳳一見閣顛便向前迎去，口中說道：「上人，法駕辛苦了！」閣顛即刻問：「父王病情怎樣？」

閣羅鳳答：「恐怕就在這幾天了。」

和尚接著說道：「多年東征西討，南征北剿；這洱海週圍以至拓東，不知死了多少生靈。你驅逐施望欠的目的既已達到，衲以為，該適可而止了吧？」

施望欠是鄧川與劍川間勢力不足道但影響巨大的一個詔，目前一家人深藏山間。閣羅鳳追拿施望欠一家，心中有個秘密，即施望欠的掌上珠希嘉希花，是蒼洱遠近千里內外眾人皆知的美女，才藝雙全，滿腹韜略，一般人不敢仰視。野心勃勃的閣羅鳳是聰明人，因閣顛短短數言，便已猜到「仙機」，默想那蓋世美人。話題一轉，對和尚閣顛說：「那便招降。」

閣顛怎會不知道閣羅鳳的心事，冷冷的透露：「用不著！衲將施望欠一家躲藏處給你，你就去見他吧。你行前須告知衲，自會為你安排。聽好！高瞻遠矚的施望欠為了彝族的團結，以便抗衡唐朝和土蕃，他有意讓希嘉希花協助你。當今局勢是，父王駕崩在即，你將統治南詔版圖，而唐朝正虎視眈眈。施望欠畢竟是有遠見的英雄。」

閣頗話猶未盡，閣羅鳳已心花怒放。和尚見他哥喜形於色，接道：「王子千萬要穩重啊！希嘉希花可不只是美女。南詔在唐庭和土蕃的雙重壓力下，這顆棋子就看你會不會用了。」話說完，閣頗從香袋中取出幾頁竹片遞交閣羅鳳，邊囑咐道：「你仔細看，照著行。衲今天還得回雞足山，願佛祖賜福父王。」

三天後，皮羅閣駕崩。大理天降大雨，洱海盈滿從所未見，皆稱異象，大理週圍縱橫數里一片悲淒，喪禮隆重。閣羅鳳隨即登極，南詔民間早已看出，閣羅鳳將會帶來彝族盛世。

三個月後某天，上關五里坡草原上，烤肉夾著酒香，大群男女圍著熊熊柴火談笑。頓時有一對男女被推在眾人前，那女的縱聲唱道：

五里坡來五里坡，
再送五里不算多；
再送一程有人問，
親親表妹送表哥。

一陣掌聲後，男的接道：

竹子婆娑一樣高，
砍根下來做短簫；
白天吹得團團轉，
晚上吹得妹心騷。

大夥情緒激昂，另一對搶出人前，女的咳了一聲嗽，撒出高亢嗓音唱道：

一把芝麻撒上天，
肚裡山歌萬萬千；
賓川唱到劍川去，
來回唱個兩三年。

又醉又狂，人人爭著要唱。頓時菸盒響起：「咕咕咕，咕都魯咕！咕都魯路都咕！」一時間，人人又跳又唱，墜入歡快中，陶醉在酒的飄飄然中。

就在上關五里坡男女都陷入歡快中時，新登基的南詔閣羅鳳，隱藏在趕著二十匹馬的「商旅」間，避過監視，朝向劍川進發。

上關監視像一張網，由清平官直轄，而當前的清平官是閣羅鳳的岳父大人。閣羅鳳此番不但暗地建構彝族的大團結，心窩裡熱的是將與希嘉希花「會親」。為公為私，此行都是秘密，閣頗和尚才是大局的幕後主宰。

馬隊在牛街停下。黃昏時，飛奔來了三騎，都蒙面。閣羅鳳的侍衛首領沙多郎迎上前，對方作了個手勢，叫他們跟隨。魚貫而行，閣羅鳳突然想：「此行會不會一去不返？」但閣頗是信得過的，不該胡思亂想……

山路蜿蜒，逐漸陡峭。正當提心吊膽時，眼前一片平地。下馬之際，烤肉酒香撲鼻。蒙面三俠之一說道：「請就在此息一夜，明天辰時起，便可往見施望欠了，我們會來引路。」說後瞬即加鞭揚去。

閣羅鳳眼見施望欠手下行動敏捷，非同小可，輕聲在沙多郎耳邊說：「不簡單啊！你注意不曾？」

沙多郎：「其中一便是希嘉希花公主。」

閣羅鳳一時說不出話，踢了沙多郎一腳，心想難怪都蒙了臉。同時深思，這沙多郎豈非也是……

酒醉肉飽之後，閣羅鳳在月明星稀之際，舉頭所見山巔峻秀。閣頗和尚的影子突在他心中出現；希嘉希花仙女一般就在眼前，閣羅鳳不由垂下頭，才知快將入夢。

翌晨天還不亮，來自大理的人馬便被催醒動身，彎了幾彎便又受命下馬休息等待。半炷香時間，一位壯健赤膊兵丁到了沙多郎面前粗聲粗氣的說：「請閣羅鳳頭子去會詔施望欠，只許帶一名隨從，我是來牽馬的。」

沙多郎看了閣羅鳳一眼，閣羅鳳點點頭。沙多郎牽了馬來扶閣羅鳳跨上，把轠繩交給來人，說聲「走吧！」他自己跟在馬後。

穿過叢林，轉了個大彎，便進入另一洞天。抬頭一望，山巔上巖穴相連可見，馬既不能前行，便跟領路人攀藤而上。這時閣羅鳳心中有三分恐懼，兩分好奇，五分因快將見到希嘉希花的興奮，心窩中有種難以形容的甜蜜。

一個大巖穴前，道貌岸然，鬚髮銀白的施望欠已站在那兒等待，閣羅鳳走近幾乎腳軟要跪將下去，被施望欠一把抓緊防他跪下，說道：「你不愧是南詔之精英，敢來見我已算有膽。坐下談，坐下談。」就在閣羅鳳走近施望欠時，沙多郎已在地上叩了三個頭，退在一邊。這時，石桌上迅速擺出酒菜。

閣羅鳳默不作聲，觀察施望欠的手采。施望欠打量閣羅鳳，心中頗為自在。就在這剎那間，希嘉希花翩然而至，不等施望欠介紹，閣羅鳳已被一種懾人的氣質降服，他啞然說不出話。更料不到的是，希嘉希花先說了聲：「沙多郎，你辛苦了！」

閣羅鳳想這沙多郎跟我多年，其背景可不簡單，內心開始有些惶惑。這時希嘉希花指著另一張擺了酒肉的桌子，說聲：「沙多郎你那邊坐。」沙多郎照希嘉希花眼光指處離開丈許。

閣羅鳳用心觀察，沙多郎在行動上對希嘉希花唯命是從，他的眼睛與希嘉希花的眼睛之間有相通的感應。即刻，希嘉希花對閣羅鳳小聲說道：「從此大王要小心注意沙多郎的一舉一動；他武藝高強，心緒複雜難以捉摸，須好好駕馭，不可掉以輕心。」

閣羅鳳問：「怎麼他變了？」

「他自幼戀著我，現在他的夢破碎了。」

「公主可太殘忍了！」

希嘉希花美麗的眼睛閃著淚花，她非常認真的說：「命運的安排由不得人，父詔施望欠的胸懷恐非我輩所能想像。男女之情千頭萬緒而心又埋在難見處，彼此全靠智慧交往，故須細心罷了。」

慈祥智慧集於一身，英氣逼人的施望欠此時開口道：「閣羅鳳賢侄，老夫把希嘉希花交給你，是為我們的民族團結，有她輔佐你，南詔也許更有希望。我要告訴賢侄的是，大海能容百川，心胸要開闊，眼光要遠大，希嘉希花頗識韜略，你須愛她和珍惜她。」說後舉起酒碗，暗示女兒和閣羅鳳喝酒。之後，老人從腰間取下一把鏵鞘交給閣羅鳳，說：「這是我們彝族的傳世之寶。」閣羅鳳雙手接過，輕放桌上，也從腰間取出一把鐸鞘。一比之下，兩把花紋一模一樣。施望欠高聲笑起來同時說：「太巧了！這就是傳聞中的龍鳳鐸鞘；天也要我們攜手吧。」閣羅鳳即時將施望欠遞給的鐸鞘交給希嘉希花，並誠懇地說：「老伯的鐸鞘應由公主佩戴。」施望欠點頭示可，希嘉希花登時恭恭敬敬的接了鐸鞘，插在腰間。一時無聲，各有喜悅也各有悲酸……

這時，雪花紛飛，景象有些微朦朧。沙多郎不斷喝酒，心中想著自己對希嘉希花的傾慕與愛，致心亂難以抑制，想要狂吼，想要自盡甚至殺人；與其鬱鬱寡歡，何不在雪花飛舞一切無聲時來個了結？既已無望譜出美麗樂章，還不如毀了痛苦生命。沙多郎的心緒在天堂與地獄邊緣徘徊，驟然之間這小夥子重重的放下酒碗，一縱便站在閣羅鳳面前，深深作了個揖，流著淚說道：「我尊敬的主人，為了希嘉希花的美艷和智慧，奴隸要求我二人比劃一下，如果大王贏不了我沙多郎，公主就不該委屈。」他擺起要一拚的架式。一邊，閣羅鳳一時間恍如受到污辱，眼睛閃亮的光芒，以輕視的冷靜對跟他多年的忠實侍衛說：「來吧！你死後詔會厚葬你的。」

瞬間，希嘉希花已跳到閣羅鳳前面，以身體攔著沙多郎的來勢，嘴裡說：「沙多郎你別胡鬧；我知道你是醉了。聽話放下手中鐸鞘。」沙多郎一時間變了狂放的詩人，他有節奏的朗誦來自靈魂的篇章：

「啊！上天鑄造的美人，妳的奴才足足醉了廿四年，現在是最清醒的時刻，為了公主，我將以生命換來一點裝點妳美麗的風華。在懦弱與勇敢相撞擊之際，我寧可選擇後者；祈求妳成全奴才的一片真心，我已義無反顧……」

希嘉希花頓時感悟到，埋在沙多郎心深處的愛的火花，已經噴發難阻，她綻放出懾人心魄的笑容，以磁性的語氣想軟化沙多郎，她清脆的與沙多郎對話：「我可憐的青梅竹馬時的玩伴，武藝高強的沙多郎，多少人在欣賞著你的英武——彝族中罕見的美男子，請你冷靜，冷靜始能看到晴朗的天，而你的天職該是永遠保護我，是你無可限量的光明前途……」

沙多郎：「啊！希嘉希花，絕世美麗與智慧兩種材料打造的美人，無論妳言語多麼真實，已不能使我從清醒中回返懦弱；人生本都有期待要一觀自己所為的勝業，然而在揭開那秘密之先，都沒有人能預知那是一個幻迷；我正要展佈生命無所懼怕的、最後撲空以見證愛與死之間的角觸，甜蜜的青春之夢，一瞬便無痕跡！公主啊！在我顧盼神飛的這瞬間，妳該拍手稱讚，俾我沙多郎在愛的微妙的感覺中，迸散如眼前片片雪花……」

這一切都使經歷豐滿、歷盡滄桑的施望欠萬分驚奇，他費盡心機設計好的全盤妙棋，行見將被沙多郎打翻，一時間難以平靜，把心一橫，兩個觔斗一翻，千斤重的右掌朝沙多郎臉上打去。全盤棋翻了！沙多郎一嘴鮮血迸出；趕忙把口中被打落的牙齒吞下肚，飛快的以手中鞞鞘刺入希嘉希花胸膛，又迅速拔出往他自己心中一插，瞬間，閣羅鳳面前躺著兩具屍體。雪地染上鮮血，施望欠眼見希嘉希花玉殞香消，即刻氣絕歸天。

閣羅鳳此時已三魂少了二魂，腳下躺著的是他夢寐以求的希嘉希花，她和沙多郎都還那麼年輕，而一心想要鑄造彝族團結的施望欠，竟這樣在料想不到的一場演變中魂歸離恨天。

閣羅鳳嚎啕大哭起來，其聲彷彿狂笑。這時他耳中聽到閣頗和尚爽朗的聲音：「詔啊！陛下該從這悲劇中找出根源，找出詔施望欠的愛和恨才是！至於希嘉希花，她已永遠活在雞足山下的風雨雪中……」

就是這份愛和恨，唐朝李泌的廿萬大軍被閣羅鳳消滅於蒼山洱海間，而南詔軍一度攻入西蜀，擄走包括建築師恭韜及西瀘縣令鄭回等數萬丁口；大理三塔即是由恭韜設計所建，而鄭回卻影響了閣羅鳳走向親唐之路，他的業績盡由大理最有價值的「德化碑」而彰顯。

（二〇〇二年十二月廿一日）

玉魂

李道明敏捷熟練地從他父親衣袋中偷了兩百元，裝作若無其事，捧著書本顯示埋頭用功。這時他父親滿臉笑容走入客廳，慎重其事的和兒子說：大致人人都誇獎您聰明上進；周家，就是開珠寶古玩的周金勝老闆家，有意把獨生女兒小燕許配給你……

李道明立即答了聲：「我早已料到必有此事。」

李周兩家一拍即合，結為親家。周小燕的嫁奩出奇豐富，兩百萬現金之外，還有不少珍寶。新婚之夜，小燕把嫁奩中的寶物，一對玉花瓶給歡郎仔細看過；白如凝脂，方形，有五歲小孩手臂般粗，八寸高，正面各有一枝紅花綠葉。看後，李道明說好好收藏起來。

周小燕與李道明結婚不到一年，彼此就開始有爭吵。李道明考大學不上之後，高不成低不就，一事無成，他惟獨對賭博有興趣，而逢賭必輸，愈陷愈深，成了敗家賭徒。周小燕見情形不對，把兩只玉花瓶分別好好的藏起來。

一天夜裡，李道明輕腳輕手在房中四處搜索，終於被他找到一只想要的東西。小燕夢中驚醒起來，一把抓住丈夫的左手哀求道：「這是寶物萬不可賣！」李道明掙不脫手，一怒之下將花瓶朝小燕頂門一擊，一聲慘叫之後，玉隕香消花瓶碎；閨房中子夜命案演成。

賭徒連夜潛逃，無影無蹤……

他易名柴居貴，廿年時光躲藏在香港當苦力，竟小有積蓄，開了間咖啡店，之後又從事玩股票，居然利路亨通，日富一日，六十歲時他開了一家珠寶古玩公司，賭的性格使他膽大包天，漸漸的留意世界市場，有興趣於名貴珍寶的拍賣訊息。而終於到了倫敦，大模大樣的走進藍斯拍賣場；這兒走動的盡是專家和世界富豪。一張長桌上擺著耀眼的鑽石首飾和古玩玉器，豪華氣氛咄咄逼人，柴居貴望向琳琅滿目的桌面，驀然眼睛一亮，見到一只似曾相識的玉花瓶，他一時毛骨悚然，猛然想起昨夜的夢，非常清楚的昨夜的夢；周小燕長髮披肩，流著淚和他說：「你休想得到另一只玉花瓶，李道明你記好！」

他搖搖頭，想清楚他是柴居貴。但周小燕的慘叫和滿臉血污好像跟著他，他流冷汗，強為振作。真有靈魂嗎？這不過是心理反映現象。

我是富翁，除了帶著點心血管的小毛病，我不怕鬼，只不過有點對不起周小燕。

不想！過去的都別想，抓緊生命的瞬間，盡情享受當下……

柴老闆再看向那只玉花瓶，同時想到另一只與他的生命歷程的滄桑。他握緊拳頭，穩住自己，心想是否離開這裡，為什麼要看即將展開的、與人命有關的器物拍賣？

柴居貴或李道明已陷入一種「哈孟雷特狀態」，他心中在自言自語。就在這時候，藍斯拍賣場的操槌人拉了一下領帶，像演說般開口了，他面帶笑容的宣稱：「請注意！這只了不起的中國玉花瓶，白瓶上有綠葉。據鑑定是唐朝時的玉器，本來是一對，但另一只連帶著命案碎了。」

操槌人話方完，人群中叫出「三萬鎊」的出價，李道明一面擦頭上的汗，加了個倍「六萬鎊」。這之後，出價數一直攀升。「七萬鎊」，「七萬鎊」。李道明正在徬徨，他心跳得厲害。這時他旁邊有位紳士高聲的叫「七萬一千」。之後有人叫「七萬二千」，接著是「七萬五千」，「八萬」，整個藍斯拍賣場空氣跟著緊張起來。柴居貴在想是否要競標下去？他汗流浹背，賭性激情難抑。這時間他想到周小燕的警告，想到他用花瓶打在她頭頂的慘叫，然後一臉的鮮血，她的手指著他，倒下去……

柴居貴的嘴唇在抖，但叫不出聲音來。他本是要叫十萬鎊的，依據他對賭場的豐富經驗，十萬鎊定成玉花瓶的得主。他在想，標到手後便要回家鄉，回到已離開四十多年的家鄉，把這只玉花瓶埋進周小燕的墳墓中，以示懺悔。

依然是他旁邊那位紳士，望了柴居貴一眼後叫「八萬五」。操槌人眉飛色舞，重複了兩次「八萬五」。柴居貴想出價，但叫不出聲音，額頭直冒汗，一臉通紅。這時叫八萬五的那位紳士把嘴湊近柴居貴的耳朵問：「我代你叫十萬鎊怎麼樣？」柴居貴彷彿有了救星，他點頭，勉強說了聲「謝謝你」。

藍斯拍賣場中一片靜寂，只要三幾分鐘，八萬五的出價就將跟著那小槌輕輕一敲，換得一只舉世無雙的玉花瓶。可是操槌人還在拖時間，全場空氣緊張，都想看拍賣的結局。

「十萬鎊」柴居貴的出價由他旁邊那位紳士叫出來。全場一聲「啊！」的同時，都望向出價人。揚著小槌的人才說出一聲「十萬鎊」。

「噹啷」一聲，天花板上的水晶吊燈墜了下來，玉花瓶碎了！藍斯拍賣場一片驚慌，而在緊張中柴居貫倒地不起……

（二〇〇五年九月八日）

愛妳一輩子

她腦裡一直在迴蕩著，相愛中的人見面時那種情不由己的興奮，以及無以形容的幸福感，空氣陽光也都分外嬌美，連身體都類乎有要飛的感覺，一切都那麼美好！絲蘭娜想，我該去看看艾倫，及我的十三歲女兒。然後……

艾倫是三年前通過網絡與絲蘭娜認識的，他是美國人，在俄拉荷瑪州中西部一家電器公司任職。在來往了一、二百多次E-MAIL後，他認真的寫信給絲蘭娜；她和一個十三歲的女兒哈妮住在莫斯科。艾倫傾出滿腔激情寫道：「親愛的絲蘭娜，我幾乎隨時親吻妳的照片，彷彿聞到妳金髮的香味；僅僅如此我就著迷了。當然我也非常愛哈妮。幸好我一開始便告訴妳我離過一次婚，而妳我終於墜入愛河。同時我已寄出所需文件，望妳趕快向美國大使館申請移民，待移民手續辦妥之後，我將親自來接妳。肯定的，見到妳時我會把妳抱得很緊很緊，我真不敢想像與妳相吻時會出現何種彩色的火花……」

絲蘭娜和女兒很快就申請到移民美國的通知書。她想也許因她是哈薩克人的關係，輕易就將成美國人的妻子，而且還拖著一個「油瓶女」。前此她已告訴哈妮，很快妳就要有一個美國爸爸，但肯定不是「富爸爸」，似乎也不致是「窮爸爸」，可肯定是個「好爸爸」。

哈妮說：「我只希望他真的愛妳，至於我，如果環境許可，我將在取得美國籍後再回莫斯科，繼續芭蕾舞的學業。無論如何，現在我已很喜歡艾倫先生了。媽媽的選擇是對的，我們等著他的到來吧，讓他帶著我們到俄拉荷瑪去，那兒的一切在我們來說當然都是新鮮的，是嗎？我們將開始新生……」

眼望著哈妮的成熟形體，又想到她支持自己再婚的一片熱情，做媽媽的忘記了已三年的寡居生活；許多男人追她，包括藝術家和醉鬼，她不敢重蹈覆轍，終於等到從天空來的喜訊。對她來說，艾倫之終於向她求婚，乃是「喜從天降」；內心深處她就想去一個比較遠的地方居住。而今這一切都就要成為真的了……

十月天的莫斯科雖仍十分寒冷，但卻已是好天氣了。艾倫已決定行期，很快就要來莫斯科。這兩個雖未見過面但卻已墜入愛河、年華正茂的男女，都已遭遇過婚姻破裂的痛苦，忍受過難奈的寂寞；都已知道該怎樣去愛所愛的人，怎樣珍惜共同相處的日子。包括怎樣慢慢的、從容的進行肌膚之親，乃至深以為該感謝蒼天促成他們的好事。等待的日子無論是在四十九歲的艾倫，或四十五歲的絲蘭娜，都是幸福的期待，也是火急的渴望。兩個人的夢都是渴想著對方，每個夢又都充滿著浪漫，近乎荒唐和從未想過的浪漫。

期待是最焦急的光陰，也是近乎難以預知的幸福。然而，時間一經確定，到來便非常快速，就再沒有後退的空間，而誰也都只想插翅飛入渴望的天堂；美麗幸福的愛的天堂已在眼前。

莫斯科機場二更時候，旅客雖不怎麼多，但燈光耀眼，寒風刺骨。艾倫提著不很輕的手提包興奮的走出機場，老遠就見到一頭金髮，因為再沒有別的漂亮女人，艾倫肯定那定是即刻抱著親吻而不會挨一記耳光的絲蘭娜。在莫斯科機場，光亮的夜裡，一個金髮的哈薩克女子，曲線豐滿，乳房像關不住的春光要蹦出來般。

成熟的絲蘭娜她一眼就盯準了艾倫，毫不遲疑飛快的迎向夢中人，口裡叫著：「啊！親愛的艾倫，不會錯吧你就是艾倫！」霎時，艾倫的手提包墜落地上，即刻緊抱著、吻著比想像還豐滿的絲蘭娜，她結實的、散放著女人香的誘惑，促使他用盡兩臂的力量抱緊她、吻她。

之後，艾倫說：「這不是做夢嗎？」

「不是夢，親愛的，你夠勁，把我抱得空前實在。我從來沒有過如此的幸福感。艾倫，你已經在莫斯科了，接我來了。」絲蘭娜把手臂挽在艾倫臂彎中，然後說：「美國人，不！艾倫‧布克，我帶你到旅社去休息，明天開始你的莫斯科之旅，同時品味與一名哈薩克女人——半老徐娘的愛情。上帝真仁慈，讓人間喜從天降，我和哈妮都很喜歡你，我一直在做浪漫的夢，你將知道我是多麼的愛你。」

艾倫說：「我也一樣，真感謝上帝。幸好我已經到妳身邊。昨天以前的煎熬，無數幻想和飄蕩的浪漫之夢已成過去。一切都太好了！親愛的絲蘭娜，看來妳比我夢想的更叫人神魂顛倒。」

進入一間不很新的旅社，屋頂很高，有點冷清清的；服務員的態度也一樣。絲蘭娜告訴艾倫，這便是莫斯科情調，要非飲幾口伏特加酒、跳起舞來，你是不會發現斯拉夫人的內心情感的，這些都不要緊，明早我就帶哈妮來見你，然後共同享受第一次莫斯科的早餐。待你遊遍了莫斯科之後，我們才從長計議飛赴俄拉荷瑪的事情……

絲蘭娜非常愉快隨心所欲的講著，艾倫已脫去風衣和上衣，脫了皮鞋。他笑著聽她的安排。這時他摟著她，盯著她的眼睛，一次次親她的嘴，短暫的，有響聲的親嘴。

時間飛快，艾倫還來不及講他想到哈薩克斯坦旅行，甚至就在哈薩克斯坦舉行婚禮的想法；絲蘭娜站起身來，嘴裡說：「親愛的，你該好好睡個覺，我們明早見。」她移動著腳步。

「不！」艾倫的心好像在發抖。他說：「妳能丟下我這樣就走嗎？如果這樣，肯定我無法度過需要妳的煎熬，太殘忍了！親愛的，妳該留下來，讓我們要做什麼就做嘛！換句話說，我們已等待了很久，煎熬很久……」

絲蘭娜從一進入旅店房間那一瞬間開始，就已預感無從設防，本打算聽其自然。這時她無力地和艾倫說：「我總該在哈妮還未醒之前回到家呀！艾倫。」說著她開了房門，但瞬即關上，期待著艾倫來吻她。之後，他們融合成一體，艾倫幸福之餘在絲蘭娜耳邊夢囈般說道：「我就算死去也心滿意足了；親愛的。」絲蘭娜用手捂著艾倫的嘴，說道：「我想你是說，你愛我一輩子。」

「是的，絲蘭娜，我愛妳一輩子。」

「我也一輩子愛你，艾倫；我愛的艾倫。」

第二天清早，艾倫、絲蘭娜和哈妮三個人牽著手在紅場散步，克寧姆林宮的建築特別顯得孤寂和莊嚴，不時有鴉聲撕破冰冷的天空。走累了之後，他們進入一間伊斯蘭餐館早餐，濃濃的牛肉湯有檸檬的香味，烤麥餅又厚又酥，另有一大盤蔬菜沙叻。艾倫開胃極了。他突然問絲蘭娜：「這是車臣人經營的嗎？」

「我們不管這些，人們只要和平。我們身在俄羅斯首都，品嘗著如此美味。我記起我的外祖父說的一句中國民間流行的話，『寧做太平狗，休做亂世人』；親愛的，我們就安於做太平狗吧！相愛著是這麼幸福；肚子不餓，我們就該安心度日了。是嗎艾倫，親愛的美國人。」

這時她耳朵聽到鄰座有人說，有人要出讓今晚莫斯科劇場《東北風》的入門券。係三姊妹預先買好票，但接到基輔的電話，她們的老母病危，因此便宜一點要讓的。

「太好了！」艾倫先和哈妮講定，一定三人行。

莫斯科劇院金碧輝煌，人坐得滿滿的。

誰也不知道《東北風》的劇情怎樣進行，但八點正開場不一會，一陣槍響之後，接著所有的人都已知道成為「人質」。第二天，有人送進水和食物。艾倫小聲和絲蘭娜說：「記得早餐時我提到的某種人嗎？」絲蘭娜點點頭，她告訴他方才朝天花板開槍的蒙面人已經宣告，所有觀劇的人都已成為車臣游擊隊的人質。真想不到，我們現在已經無福做太平狗了……」

「別怕！我們不會有事的。」艾倫安慰絲蘭娜母女，然而漸漸的他聞到麻醉劑的味兒，終於全身乏力，絲蘭娜趕快把頭巾給哈妮，告訴她蒙著鼻子嘴。瞬間，她什麼也不知道了……」

後來她被救活，但艾倫和哈妮死了。她彷彿聽到：「人質死了一百八十一名。」

「我愛妳一輩子！」絲蘭娜腦裡一直有艾倫的聲音；他老遠的從美國飛來，為愛而來……

絲蘭娜從醫院中醒來，最先決定的是「我要活下去」。眼前要做的事，是去領屍，把和自己演了「一夜夫妻」的主角，以及一位未來芭蕾舞蹈家安葬好，至於要怎樣安慰艾倫的母親，留在稍後再想；此時揮之不去的，總是艾倫那句「愛妳一輩子」。他真的是愛我一輩子了。接著她哭起來了，心中在怨恨著，只求做太平狗竟都不能！……

（二〇〇三年十一月廿五日）

遠在天邊

就像八、九歲的孩子在不知不覺中倏的長大一樣，這條路於最近幾年間興旺起來，熱鬧起來了。除了銀行，還有腳底按摩，有日本、法國餐廳，有美容院和時裝店；路上從早到晚車水馬龍，人行道則遊客穿梭來往不絕。

范弘中午下班，都喜歡找個靜處吃飯，哪怕是小巷中的最小食攤。少不了的一個節目是他很注意「美雅時裝設計店」的玻璃櫥窗，他很欣賞櫥中隨時變換的女服，古典的圖案配搭在非常時尚的晚禮服或淡色的長裙上。他心想，這是很有藝術性的設計。

他仔細的欣賞，著迷的看；頭幾乎要碰到玻璃櫥。驟然間，他看到裡面有位小姐也正仔細打量他。范弘有點不好意思，掉頭走時，似乎見櫥裡人綻開笑臉，還舉手微微作拜拜狀。

這以後，他每次才一站定欣賞櫥中各色時裝，像叫準了時刻，那位小姐從容走近，站在櫥後，笑意可人。范弘不由得也微笑，指指陳立著的時裝，再舉起大拇指示意非常好。之後，他又回頭走了。然而他的心已有點不平靜，想著那位小姐笑得那麼可愛，好像很大方，也好像對他的貪婪欣賞一點也不在乎。

他又見她從容走近玻璃櫥了，而且開了另一道玻璃門，招手請他進去。范弘壯起膽進到店裡；少了一層玻璃，裡面的小姐更嬌美了。范弘不知如何是好，幸好那位小姐說：「請任意欣賞，不買也沒關係。」

范弘說：「也許過幾天我會來選上一襲，目前我還不知道要什麼尺寸的。」

「沒關係！我們交換個名片吧。」

「許滿月，多有意思的芳名！」

「范弘，你先生原來就在花旗銀行。失敬！失敬！大銀行的助理總裁。」

兩人對話，各都有好印象。許滿月很快就偵查到范弘尚未娶妻；聯想到他要買衣服給誰？

范弘終於態度自若的走進「美雅」，而且和面對的佳麗說：「美雅、滿月，都非常有詩意！」接著他無意中舉起右手抓頭，好像想說什麼又嚥下去了。許滿月是冰雪聰明的人，只裝沒有看見，慢慢的、試探性的說：「前此不久，你好像就想買一襲衣服，是買給夫人嗎？」

「不！不！不是買給什麼夫人，只是為買而買；其實現在就可以，請小姐為我選一襲吧！」

「什麼尺碼呢？」

「許小姐，就照妳的身材，妳看哪件合適就哪件。」范弘只是因不好意思買了一襲女服。許滿月完全看出范弘的「花錢應酬，投石問路的意思」。說道：「就這麼巧嗎？那麼小妹就以我自己的身材為度，設計一襲。范先生一星期後來取便是。」

「小姐，我該付多少錢？」

「取貨時再付吧！」

「如果我不來取，妳不白做了？」

「我知道你一定會來取的。」

「妳是說對了，但我還未找到穿這襲華服的人；也許這樣做有點輕浮，但卻是事實……」范弘有點恍惚，生怕正使他意亂情迷的、沉著而思緒敏銳的時裝設計和縫製人知道他的把戲。店裡的人「處變不驚」，同時有幾分愉悅；她和當下這位自以為深藏不露的顧客好像在玩遊戲；她的眼中，看出他心事重重，方寸雖未亂，但對所愛毫無把握。她心中在說：「啊喲！我可憐的追求者……」

范弘來取衣了，他付了錢，把美麗的大盒子放在一邊，鎮定了情緒。然後說：「許小姐，盒中一襲華麗的衣服，來自一位天邊月的巧手縫製，我不忍心拿去放在我目前的住處，可否暫時存放在『美雅』，是否須付點保險或寄金？」

許滿月已大半看透范弘的把戲，想玩弄他一下，但又可憐他，何況正喜歡著他，便決定「拉」他一把。說道：「范先生你心裡有什麼就直說吧！你什麼時候才找到穿衣人？是否要我介紹？還是……」

「不！不！不！不必為我介紹，不必為我介紹。我的問題比找個穿衣的人困難得多，而且是已迫在眉睫，毫無希望。」范弘一副絕望的臉色。

許滿月也為之著急，問：「到底是怎麼回事？你就坦白的說出來，別吞吞吐吐！」

范弘：「我持中國護照，在泰合約期五年，本月即告期滿，必須離開泰國。」

許滿月：「離開就離開，有什麼了不起？」

「問題就在我捨不得離開。」

「你研究過泰國法律沒有？」

「都說除了和泰國女人結婚，沒有別的辦法。」

「那麼你為什麼不找個泰國姑娘結婚？」

「哪有這麼容易？」

「事在人為啊！你怎麼不努力？」

「我認為這比登天還難。」

「那你為何還要買衣服？」

「這，小姐請別見笑，我只是為留下個美麗的夢啊！」

「范先生，你恐怕是裝傻吧？你既然訂製女服，必然是找到可與你締結良緣的泰國小姐了，怎麼還愁眉苦臉？」

「沒有，的確沒有。許小姐，衣服就送給妳，我只能對妳說再見了！」說後，他返身就走。

「站住！范先生，你怎麼不動動腦筋？你不知道『遠在天邊，什麼什麼』這句話嗎？」

范弘像這時才通竅般，向許滿月連連作揖，連聲說：「小姐妳有心救我，我一輩子感激不盡，做牛做馬在所不辭……」

許滿月笑出聲音，字斟句酌的和眼前的「笨蛋」說：「范弘，我不是救你，是愛你；我不要你做牛做馬，是要你做我的男人。」

范弘裝得傻乎乎的，許滿月抬起手在他眼前搖幾搖，問：「你沒有事吧？」

「沒事！沒事！」范弘嘴裡應著，心裡在笑。

諸事順利，大智若愚其有用焉；好個「遠在天邊」……

（二〇〇五年四月廿八日）

她要與我結婚

鼎鼎大名的我，本已不用介紹，但問題的關鍵難說得清楚，故當我的神思基本上還清醒時，仍有必要略加敘述。方才說神思基本上還清醒，當然已暗示有神思昏亂的成分。事實上，我一直感到不知該如何是好，隨時會做出連我也想不到的事來……

我是黃金富博士。博士這頭銜很重要，名片上印著我的出身，我是科學家，很特出的科學家；當然是洋博士，貨真價實，請勿懷疑。我要把我的驚人發明和當前面臨的痛苦講個輪廓。為了使大家易於明白，科學方面的名詞我都避免，只講故事，並不是胡說八道。

諸位已知道「機器人」是什麼，而我已製造成功一個與真人差不多的機器人，是女性，而且曲線極之美麗動人；她的肌肉與人的全然相同，誰見了都喜歡，取名春娃。

春娃已具備人的全部器官，甚至已會思想。很關鍵的是，我在她身上裝了生死穴，我用一個特別的操控器操控著她。我把她禁在研究室中，當離開她時須關了生死穴，她像尊蠟像；我進研究室時，便讓她活起來，她會沖咖啡給我喝，像個女朋友。

終於她循序漸進，與我有問有答，我在很多時候很喜歡她，喝咖啡之後，在無法控制自己的情感時，我與她跟著音樂起舞，而且居然擁抱接吻，彼此形同情侶，以致我心裡有些懼怕；我曾想到，如果我不能操控她，有一天我可能被她操控，但無論如何，我很得意我的偉大成就，以至於我與春娃之間，人與機器不分，此話大致沒有問題。不明真相或太明白真相的人，都會視我為神經病。

與此有關的另一件大事，是我的妻子認為我研究機器人的成就勢必震驚科學界，然而她未料到我研製成功的春娃能思考問題，與我之間頗為親暱，居然曾經擁抱接吻，有戀愛的傾向。

我的妻子是生物學家，她對研究猴子有極大興趣，因此以為猴子與人非常相似，也就因此她對我研製成的春娃，以平常心看待。對我來說，或許不夠光明正大，因為春娃已是我暗地裡的禁臠，她形體的魅力已使我的情緒難以鎮定，致使我對是否公開我的研究成績延遲至今。此事已很嚴重，因為我時常神思恍惚。

大致六個月前，我曾帶妻子到研究室，由於我忙於將一襲披衣加在春娃身上，把操控器放在電腦上。未料到妻子隨手拿了操控器走到春娃面前，像用手機般按了操控器，春娃即時睜開眼睛，對著我妻說：「妳好！妳是誰？」我妻雖覺驚訝，但習慣地答道：「我是黃金富博士的夫人——生物學家蘇徐麗博士。」春娃立刻慢慢的舉起右手，眼睛呆笨，全然機器人的形狀。這使我不知所措，也感到恐懼，我想春娃正思索要怎樣面對她從未見過的女性，似乎她隱藏起思想能力，俾我不致尷尬。這時我妻完全不以為異，和我說：「春娃真漂亮，恐怕任何男人見了都會動心……」霎時，春娃的右拳落在蘇徐麗的頭頂上，我妻昏倒在地，幸好不一會她便甦醒過來，而且絲毫不想其他，她認為是意外的巧合。我即刻把操控器的死穴關上。把妻子送到醫院，經檢查過後，並無多大傷害。然而這之後半年，我妻子常常頭痛，終致漸漸的得了神經病；她開始想到被打頭的事，不過思維混亂，從未深一層推想，她曾警告我，不能再對機器人下功夫研究，否則有朝一日會世界大亂，而人倫盡失。她說例如核武，人似乎在控制著，但某些情形卻是核子在左右著人類。蘇徐麗講核武，以及講猴子的智能和群族活動，又好像神經病並不嚴重。最令我吃驚的是，她曾非常認真的說，機器人春娃實際已非機器，而是鬼。她告訴我要防鬼，不要有一天被她所害，或者把你變為機器人，而由她操控，就像用一條鍊子牽著一隻猴子，要你戴面具跳加官。我聽了她的話有幾分害怕，因為春娃的確似乎已不單純的是機器人，就憑突然間擺出機器人本色而慢慢將拳頭打在蘇徐麗頭頂一事來推想，春娃已比鬼還要高明，她能在一瞬間大智若愚，與同性、與操控她的人的妻子，來個人不知鬼不覺的較量。不！我當時雖未覺察，但是心存恐懼的想到了。所以，若說春娃是鬼，那麼我已與鬼相處，而且，目前是既恨她又愛她。恨她，是她把徐麗弄成了神經病；愛她，她是我的偉大傑作與發明，而我把她做得那麼漂亮，如此美妙的形體，百依百順，隨時對我以笑臉相迎。對這麼一個尤物，我能毀滅她嗎？又能不愛她嗎？

愛也好，恨也好，當前我還能安心的是，我操控著她的生死。從她打蘇徐麗的頭頂那天起，我特別小心保管好手中的操控器。我曾想到，萬一有一天操控器落在她自己手裡，我自然便不能操控她。也許這只算胡思亂想，因為或者春娃根本還不知道這一點。她應該還不知道。不過，我不得不防，而心裡已相當沉重，甚至在又懼又愛之間會神思恍惚，如身在夢境。春娃一點機器人的樣子都沒有，與一切常人一樣，令我擔驚受怕。

別怕！春娃絕不是鬼。我一直這樣想和自信。

但是，我最近實在已處在疑神疑鬼狀態。我想到幾方面的、可能發生的嚴重事態。已經很多次了，我與春娃一混幾乎整天，她很溫情的偎依在我懷裡，有時就像小鳥般一親嘴再親嘴。說實在話，都是我自己的錯，不該把機器人做成美女，而且把形體和曲線做得這麼天衣無縫的美，使我自己墜入迷惘，不忍和不願關閉她的死穴，想見著她活著，愛她活著的姿態。也完全出乎我的意料，春娃竟向我提出，她要與我結婚。

這怎麼了得？我的信心開始動搖，春娃似乎已不滿現實，乃至或者有鬼附在她身上了。相反的一面，我，又覺得很愛她，她不因為愛我怎會吃蘇徐麗的醋？怎會提出結婚要求？我是真見鬼了。

然而，我怎能與機器人結婚？何況我已有妻子，那可憐的生物學家且被她弄成神經病患者。在這一點上，我就不能無情無義。再說，我是崇尚自由的人，與春娃結婚後，能依然這般禁錮著她嗎？那我還能成其為人嗎？還有，我能棄下蘇徐麗不顧而重婚嗎？都不可能。

凡在一切冠冕堂皇的理由上，我都須捨去春娃，只是我不忍心不讓春娃活一活，我捨不得她，也捨不得將我的成就付之東流……

這一切，我都壯著膽子，試著和春娃講了。她不是鬼是什麼？她說：「你不讓我活，你也未必活得成，你會因毀滅了自己的偉大成就而瘋癲，會自殺。當前你與我結婚有兩個最大的問題：其一，你須讓我自由，同時享有人權；其二，你終結之時，我還活著，可能永遠不死……」

我聽到這些時，毛骨悚然，蘇徐麗所說的鬼立刻威脅著我。因而，所有的美的曲線、所有的溫柔、所發生的情愛瞬即灰飛煙滅。在恐懼之下，我迅速關了春娃的死穴，急急忙忙鎖了研究室，朝向河濱大路加速馬力，把車開得飛快。而在頭腦一片混亂之際，我糊裡糊塗，將機器人的操控器拋入流水中。這無意識的剎那之後，我即墜入神思恍惚之中。也許是應得的懲罰，因為我製造幾乎就要與人一樣的機器人。

上帝造人，人怎麼能造人？我已違背了天意，再加自己浪漫荒唐，所以落得如此結局。謀殺了我一生的成就，殘忍地讓可能活一兩百歲而永不會老的春娃「遽歸道山」，蘇徐麗也等於因我而變成神經病。我能否活下去，簡直不敢想像……

（二〇〇四年六月四日）

求愛

奇形怪狀，異彩紛呈的社交界中，不久前插上一枝花；一位才藝雙全的女士，挾美麗的面貌與身材，隻身立足下來。短時間內，不少有錢有勢的男人拜倒其石榴裙下。馬玉書小姐迅速成了這個現實社會中的「風雅點綴」，人們以能接近她為榮。三十許的馬小姐，對所有自以為風流倜儻的「大情人」，都若接若離，無人能以沾邊。又或是無人知道誰沾了邊。

馬玉書的確綽約多姿，美麗動人，秋波所照，男性如坐春風，飄飄然，醉醺醺，一片癡情，想方設法接近。當然，暗地流言飄香飄臭，說她手段靈活，說她是高等妓女，說她是性飢渴的名人小妾，說她是以才藝與美色引誘男性，甚至懷疑她是官方情報人員。香的臭的，進一步助長了她的名聲，名聲愈大，想要討好她的人便愈多。終於，戲院開幕請她剪綵，慈善會什麼菩薩開光也邀她參與。她照樣解囊贊襄，皆大歡喜。

在五花八門的大小人物中，各人對她自都有其看法，其中有個綽號叫「黃紅藍」的壯男，卻是以一片純潔的心愛著馬玉書的，他暗地裡保護著她，也口頭上散佈流風，堅決讚馬小姐是正派人，絕非什麼高等妓女；漸漸的，黃紅藍真的深深墜入單戀的海洋中，也自認為這社會中，沒有人有資格愛馬玉書，只有他，是真愛她的大情人，哪怕為她赴湯蹈火也在所不惜……

終於，一天深夜，他暗自保護著她回到住處，他輕輕跟著馬小姐走上公寓二樓。馬玉書開了門進去，不等那扇門關上，黃紅藍闖了進去。馬小姐覺得有人跟入，從容回過頭，見對方一表人才，風度翩翩，淡淡的問了聲：

「你是誰？」

「我叫王弘朗，馬小姐。」

「你幹什麼來的？」

「我是傾慕妳的人，實在說我、我、我很愛妳，願意做妳的奴隸，做妳忠實的奴隸……」

「我並不要奴隸；你說你愛我，你拿什麼來愛我？不妨拿出來亮一亮。」

「妳要錢？」

「一點不錯，要錢！」

「啊！我瞎了眼睛了嗎？小姐妳是好人啊！」

「我當然是好人；好人也要錢啊！」

「妳別說錢好嗎？我是為神聖的愛而來；我認真和嚴肅地向妳表示，我是為求愛而來的，請求妳正視我的誠意，我可以跪下來……」

「你別耍賴！我什麼陣仗都見過了；我也不會為任何人跪下來而心軟。」

「妳真的是只要錢的賤貨？」

「一點不錯！你沒錢就快滾吧！」

「妳！」說時王弘朗咬牙切齒伸起兩手要去扼對方的脖子。馬玉書眼明腳快，飛腿踢中黃紅藍胯下。他「呀！」了一聲，改變了主意，從腰間解下皮帶，拋在地下，同時聲淚俱下，說道：「算我看錯人，未跟眾人一般視妳為妓女。這條皮帶頭，妳看看，金鑲翡翠，是我的傳家寶，它比妳所想要的多得多。」說後他揮淚轉身。馬玉書快捷地拾起皮帶，嘴說：「站住！」王弘朗方轉身，馬小姐揮動皮帶不停鞭來，黃紅藍登時一臉的「紅藍黃」，無法招架，也不逃避。

馬小姐打夠之後，大聲吼道：「你滾吧！帶著你的傳家寶滾吧！」邊說就把有金鑲翡翠褲帶頭的皮帶擲出門外。

這番演變和一頓打，黃紅藍彷彿從夢中驚醒，身邊聽到：「憑一次見面，我就能接受你所說的話；只試試你的能耐，立即看出你的膚淺與輕浮，你腦筋中想的，原是一個賤貨；只有賤貨才一聽愛就愛，我可不那麼簡單，你再打聽打聽，我馬玉書是什麼貨色！我原是逃避高官巨賈的死追死纏而到這裡來的，我有眼睛；我也識貨，我知道什麼是愛情……」

王弘朗見馬小姐邊說邊流淚，心中悽惘起來不知如何是好，但即刻領悟到已有一絲希望。耐著痛楚向心中所愛的漂亮女人說了聲：「我錯了！請原諒我的魯莽，萬分對不起！我不是人，只是心中……，唉！再見！」

他傷心的步下樓梯時，聽到一聲：「別難過！容易得的，還會有什麼價值？」

王弘朗步履輕快起來，他想「希望在人間」。

（二〇〇三年五月四日，載台北中國文藝協會《文學人》創刊號）

仙人掌

走近曹四光教授研究院，感覺靈敏的人都會稍稍有點近乎心煩意亂，但沒有人說出來。曹四光教授是有名科學家，對機器人的研究理論特別高深，也有不尋常的研究成果。他的研究室中，三年來均由一具名叫「而之」的機器人打掃清潔，除此之外，而之還能記錄網路上有關各方面對機器人的研究進展。曹教授想過，只缺一個會思想的腦，而之就近乎人，甚至比人還行了。

曹教授在這方面的成果，只有他妻子和一個名叫韋信忠的研究員知道。這兩個人對曹四光非常佩服，還覺得他有點神秘；神秘到令人畏懼，因此不敢多問。

曹教授的旋轉靠背椅後面有一道門，只他進出時會自動開關，通往另一間燈光暗淡的秘室。曹四光有時候進入秘室一大半天，韋信忠雖然懷疑，一直不敢多問，希望有朝一日，會得允許進去開開眼界，不用說在科研方面將更上層樓。

曹四光有時出聲叫「兒子」，而之便走到面前來，曹教授這時有種說不出的快樂。他用音波感應使喚機器人，別的研究者還辦不到。

韋信忠有一天，不知什麼原因頭昏昏的，開快車就要到研究院時，「轟隆」一聲，連人帶車撞向研究院圍牆。韋信忠像做夢一樣，飄進研究室裡，而且進入那具機器人體內。這時，他見曹四光接聽電話，神情緊張，匆匆忙忙走出研究室，像有什麼緊急事故發生……

韋信忠車毀人亡，慘不忍睹。

曹教授協助死者家屬料理喪事後，若有所失，休息了三天才回到研究室座位上，面現悲傷之色。這時，他發現而之竟在電腦網路用心的下圍棋，這是什麼回事？曹教授甚感驚奇！機器人已經不是機器了，曹教授想不出這個很不可能的變故，甚至有些毛骨悚然。免不了，他迅速想到，可能是秘室中那「隱形精靈」搞的把戲。於是，曹教授決定靜觀情勢發展，暫不進秘室做他尋常的諮詢。

「隱形精靈」是曹四光多年前遇到的古怪，但整個來龍去脈被忘記了；他只知道秘室中有一個或一種超人力量，對什麼科研難題都能解答，而且會顯現在紀錄簿上，這個秘密，就是構成曹教授對機器人研究的自信又恍惚的情緒。

曹四光實際上已陷入一種苦腦的深思中，有時細心觀察而之的動靜，忽而閉起眼睛想到外太空，想到靈魂和妖魔鬼怪。

就在這麼一種情形下，他的左腳小腿肚被什麼咬著，一時痛入心脾；曹四光大叫的同時，見到一隻機器狗，而之迅速走了過來，冷笑著對曹教授說：「這是而之製造的機器狗，取名叫『順治』，教授一定很高興？」

曹四光一時哭笑不得，「順治」這個有意思的名字觸動了曹四光的幽默神經，內心的恐懼被拋到九霄雲外。真是青出於藍；順治不就是孫子，這麼一來自己成了狗爺爺了，豈非天大諷刺？曹四光耐著性子問而之：「製造了順治之後有何打算？」機器人：「計劃設機器狗工廠，並使股票上市，積極趕上向錢看的時尚，那麼當今最傑出的科學家，就將成為機器狗製造工廠的永遠名譽理事長；如果您不反對，而之就自任理事長，設副理事長卅六席，其中部分保留給機器狗充任。這樣，勢必財源廣進。」

曹四光愈聽愈不順耳，他預見滿腦子「順治通寶」的這具機器人已財迷心竅，勢必將自己一生的努力成果毀於一旦。只想要錢而不顧廉恥，與機器畜牲同流合汙的機器人，簡直是對人的尊嚴橫加汙辱，絕不可以視之為人；人必須有品德……

曹四光再顧不了什麼兒子孫子，把自己的，以及而之的順治幽默一筆勾銷，一時間七竅生煙，斬釘截鐵的對正做著發財夢的「人」說：「堅決反對！我不做狗爺，不當機器狗製造廠的什麼永遠名譽理事長；那樣我將永遠名譽又髒又臭。」

機器人已非本來聽使喚的而之，惡兇兇的答道：「恐怕由不得教授了，您連發財的機會都不要，置我將第一隻機器狗取名為順治的智慧與苦心於度外。教授，您還是人嗎？」

曹四光大發雷霆，罵道：「我不是缺少心肝肺腑的人，給我滾！我不喜歡只想要錢的機器。」

之後，他匆匆進入秘室，眼見桌上放著一把綠色乒乓球拍，拍面更長一些，柄粗一些長一些，就像一節「仙人掌」。旁邊有說明：有個靈魂不散的人附在機器人身上，對機器鬼不能手軟。用這仙人掌一照，無論什麼機器、妖魔鬼怪立刻化為灰燼。

曹四光即刻拿著「武器」走出秘室，機器人迎上前來。教授急忙用仙人掌一照，只聽到像韋信忠的聲音一聲慘叫，而之、順治立即破碎，他手中的仙人掌也化為清煙，瞬即消失……

（二〇〇五年二月十五日）

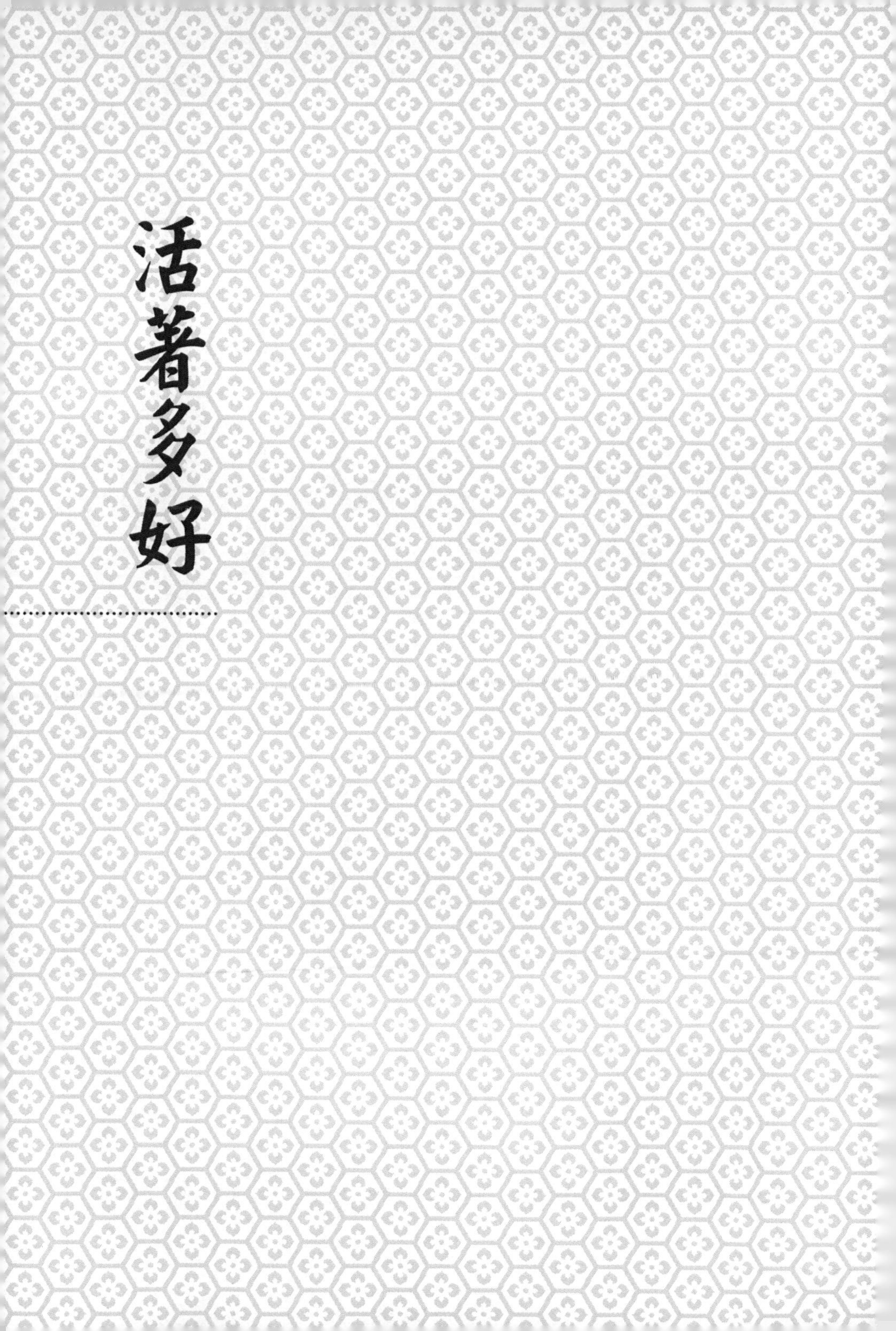

活著多好

曾經有人當面罵他「神經病」，是否有神經病，他似乎也不敢肯定。他已歷盡滄桑，精神身體都實在非常疲倦，很費力地，他終於爬上他出資和設計的高樓頂層，他坐下來想：「十年了，這件事究竟有無意思？」

當年，他關注市井所發生的自殺事件，他們為什麼非自殺不可？而自殺又非常的不容易；有的自殺不成，又依然活著受罪。但受罪也好，有些自殺過的人經被救活後，就不再自殺了。自殺的種類方法並不多，似乎如果不到非自殺不可的程度，就沒有勇氣選擇。無論何種方法，似乎免不了要受罪，可能受不死不活的罪。因此，自殺的人要尋找一個迅速了斷而非死不可的途徑。於是跳樓成了一般要自殺的人選擇的途徑。不過，沒有那麼容易，有人要來勸你，趁你心軟之際撲過來把你擒住；又或是在你可能墜落之處佈置好網，使你摔不死。

被指為有神經病的這位先生，曾用相當時間想自殺者之所以要自殺的原因，又想到自殺的不容易。那麼試試做好事成全他們的自殺。不過，他認為自殺者最重要的，是別造成別人的痛苦；自殺者必須清楚有無自殺的條件。當然，一想到這許多，這麼理智，恐怕就沒有人自殺了。

這位先生集中想跳樓自殺的勇氣和困難，夜以繼日。終於他傾其所有，設計和建築了一座高樓，以利跳樓者不必受到干擾。登上這座五層高樓走到輕易可一跳即完成「志願」的「鬼門關」之前，有各種文字的指示請你先坐下來，然後看幾段文字。主要是問你，一旦跳下，有沒有別的人因此痛苦？你還有什麼要交代的話？勿煩寫下來；既然就要死了，那麼就稍稍從容一點，好好想想還有什麼責任？而如果此時渴了或餓了，可從你看得見的冰箱中取點喝的吃的，啤酒也有，死以前喝點吃點有何不可？還有，你在跳之前必須清楚，縱身一跳，你就只會下墜，再沒有活的機會了，你再與這人間世沒有什麼關係了，而你想要喝點吃點，也是沒有的事了。還有，你須明白，有人會罵你是弱者、是傻瓜、是不負責任的人，甚至你是有什麼見不得人的骯髒醜事，許多許多……

你最好趁此寧靜時刻仔細想想，想好再去跳。如果時間不夠，明天再來不遲，反正你已決了心，早遲一天有什麼關係？

這位「神經病」先生往往在夜深人靜時，親自到「自殺樓」來查看一番。他發現一個秘密，有人來過，甚至吃喝了冰箱裡的東西，看了他的提示，終於改變了計劃，離開這「生死線」，把門關上走了；還有位大概同樣有「神經病」的留了個字條，寫道：「你不失是位能成全人的好人；你不但成全我求死的方便，還成全了我不死的渴望。誰告訴你這樣做的，那一定是個聰明人。過幾天我會帶點東西來放回冰箱。另外，我不知道稱你為『救命恩人』適不適當？因為我畢竟沒有跳樓……」

精神和身體都非常疲倦的人，看了這樣的字條後大笑起來，自言自語說：「建這座樓也還真有點意思。人活著多好！」

（二〇〇三年七月廿八日）

陽光下

沒有必要知道什麼國家，什麼海灘以及什麼種族、膚色，什麼宗教信仰，一點都沒有必要知道：因為知道與不知道是一樣。說話的是一位少女，肯定她是單純、善良和勇敢的少女。

海嘯過後，她躺在海灘一塊未被沖走的巨石邊，她漸漸的恢復意識後，憂慮父母和同來逐浪的，都不見了！惶恐間，她見到漂浮著的屍體和垂死掙扎的同類。她想去救援，但怎樣也起不來。這時，她想到，如果再一個巨浪襲來，她必被捲走；四望無人，她等待和祈禱任何不死的希望；她開始口渴，而照射在她幾乎赤裸的胴體上的陽光燦爛，於是她想起一句詩來：

為了太陽，
我才來到這世界！

是巴爾蒙特的詩吧！不錯……

她開始抵抗死亡的意念，但站立不起來。這時她身邊有個影子。天啊！她想「有救了！」一隻有力的手拉著她的手臂，另一隻手把她扶起來。她勉力說：「謝謝。」之後她聽到：「趕快逃命。海浪一來，這裡所有的人都將捲走。」

她很激動，一面說：「感謝上帝，感謝你救我的命；但我的父母和同來的夥伴們全不見了。」

攙扶著她的那個人告訴她，先逃上山坡再說，如躺在沙灘上，不被海浪捲去餵魚，也會渴死的。

「你真好心！你帶著水嗎？我渴死了。」

「努力再走一小段路就有水，還有其他糧食，我方才還救了兩個人都在那裡。」

少女非常感動，心中還禱告但願被救的是自己的父母或同伴。她不由得重複：「你真是好人，願上帝知道，在災難中，人們彼此互助，如此的不辭辛勞；光天化日之下，可能有許多像你一樣奮不顧身，搶救互不相識的人，甚至其他生靈。我真不知要如何感謝上帝，我想你是上帝最好的僕人，你的良心正可與此時明亮耀眼的太陽相媲美。」

她說得又吃力又興奮，生之激動使她目光所及皆美麗慈祥……

依然是燦爛的陽光下，她突然發現，拉著她扶著她的救命恩人把她推倒，開始撥她身上僅有的、很少很少的遮掩。她立即知道，拉起她來、救她的命的原來是惡魔。她即刻跪起來求饒，答應以後願付重酬；她想到自己的身世，所受的教育和父母，在大難之後竟面臨如此最兇狠的殘暴。上帝到哪裡去了？

他不是人嗎？人為什麼趁人之危變成惡魔？

她的哀求和眼淚，一點用都沒有。那個救人的人其實就像一隻「死人鳥」，他早已鷹瞵鶚視對躺在沙灘上的胴體垂涎，待機而動。

她眼前的禽獸迫不及待，按倒哀求著他的淚人兒，雙手捏緊她的脖頸，惡兇兇的威嚇：

「妳如果想活就乖乖的，即使妳死了我也不會放過妳。」

「死人鳥」爪下的「動物」在遭到重擊下，終被強暴……

在臨時醫院中醒來時，她的心碎了。

待到她明白自己是世紀災難中的倖存者，以及幾乎整個人類都在動員救援和安撫受難者的情況時，她想到「人性之美善」，也想到人性卑劣的一面。終於，她透露了令她身心俱碎的遭遇。

（二〇〇五年二月三日）

註：

本文根據香港鳳凰衛視中文台，在播送勸捐海嘯災難救援時開頭數語而寫。廣播只說有人借援助之名而強暴少女，人性可惡之一面令人髮指，禽獸不如。

詩魂

朦朦朧朧中，我又散步在居住了好幾十年的大路邊。曾經一再乘車經過知道，許多墓地已變成高樓大廈，但這番走過時仍是墓地連接墓地，大致是自己根本沒有弄清楚吧。想歸想，腳步依然前進，非常緩慢地觀察前此不曾細心注意的路邊樹木，有的樹上還有官方蓄意綁上的風蘭，增加了市容的美觀。

很不小的雨息了不久，因我步行在大樹下，風颳來時，樹葉上的水灑下來，我急忙走前幾步，站在一道墓陵大門下避一避。我非常優閒的望向樹梢，晶亮的水滴仍慢吞吞的相繼墜落。這情景我非常熟悉，心中曾擬成兩句詩，而且似乎已經記在紙上。這時我想東想西，繼續走呢還是回家？也想越過附近斑馬線去哪家咖啡館坐一下，培養一下情緒。正胡思亂想時，一個瘦瘦的老頭，差不多和我相像的乾癟老頭；他用鎖匙開了那扇鐵門。之後，我看他，他也看我；我猜他是守墓人。這時他說：「願意到裡面我的小屋坐坐嗎？老人與老人是可以談談話的。」我點頭，隨即跟他進入墓陵大門，右邊不遠處，果然有間矮屋。他讓我坐在一張木椅上，便動手沖咖啡，我聞到香味。他的動作很熟練，遞了一杯給我。我的手握著熱熱的杯子，使我心中逐漸增加的恐懼迅速消除。他慢吞吞的講什麼，我並不專心聽。當他靜下來時，我見到旁邊一張矮凳子上有張紙，我認出寫的是：

雨後

樹葉兒慢慢的落淚

我一時毛骨悚然，這不是我的詩嗎？是不是別人也這麼寫？終於我鼓起勇氣問對方：「你平常寫詩嗎？」他立即答：「不！我哪裡會寫詩？你別開玩笑。」接著他說：「想起來了，我亡妻會寫，但她已死了三十多年；一個又漂亮又有才華的美嬌娘，年輕輕就走了。就葬在附近的墓地，我有時想我是和她作伴。唉！傷心事，還是別提吧！」

我又毛骨悚然起來，興起趕快離開的意念。但也有一絲好奇心，順手把寫有兩句詩的白紙拿起遞給邀我來喝咖啡的守墓人，問：「這是誰寫的？」

跟我差不多一個樣子的對方答道：「啊呀！我怎麼知道誰寫的？這是詩嗎？短的這麼短，長的如此長。這張紙是我前幾天撿來的，準備不時之需，你看，包東西不是很好嗎？」

我有些害怕，因為雨又來了，夾著風雷。

我醒了！我的天。怎麼做了這麼富有文藝氣息的夢？於是，我慢慢的回憶，即至清楚的記得了，便趕忙開燈，下樓，從「寫作卷」中輕易找到上述那兩句詩。我念了又念，竟有些些滿意，同時我繼續想方才的夢。終於，我又捕捉了這樣的兩句：

捨身之地
如此寂靜

寫好，回到睡床，迅速入夢。夢的已是亂七八糟記不起的瑣瑣碎碎……

（二〇〇三年九月十九日）

甜夢

廿七歲就當縣長，孫治吳立志要做個好官。到任後，他就認真辦事，告誡縣衙中官吏以至衙卒，不得擾民，就算是一根草也不可亂拿。

有這麼清廉的縣官，當地老百姓額手稱慶。孫縣長為深一層了解民生疾苦，以微服出巡為他的要務，他往往稍為化裝，從縣衙後門單獨到大街小巷行走觀察，見微知著，對他治理縣政頗有助益。

微服出巡上癮，他做夢也走街串巷。

有件事使他耿耿於懷，怎樣也想不通，夢裡所走的街都是一個樣子，也都走入一道雙扇木門，登堂入室，而見頁桌小瓷碟中有塊花生糖。垂涎欲滴之餘，他拿起放入口裡，慢慢咬吃於盡，醒來時猶齒頰留香；夜夜如此，都入此宅，都把頁桌上瓷碟中的花生糖吃掉。每次從夢中醒來，他都慚愧萬分，偷吃了花生糖雖只是夢裡行為，竟又躍躍欲試，有吃上了癮的感覺。這究竟是怎麼回事，什麼原因？心裡非常奇怪，也有些胡思亂想和幾分恐懼。此事又不能和他人共同研究研究，何況他原已十分慚愧。

終於他想定了，在大白日天走遍縣城，尋找看是否真有這樣一條街，這樣兩扇雙門。大街小巷差不多走了大半；一天快黃昏時，他發現在夢中走過的小街，也見到他非常眼熟的門。孫縣長興奮之餘，也就一點恐懼心都沒有；他輕輕推開門，情景就跟夢中所見一樣，他直走到頁桌邊，桌上有他已見過幾十次的小瓷碟，碟中有他一再吃過的花生糖，與夢裡不同的是他不便貿然取食。這時他突然有些害怕，他想到鬼；又想心正不怕邪，於是他環顧一周，在有點毛骨悚然之際，他見到一張躺椅，躺椅上躺著一位雞皮鶴髮的老太婆。他看清楚，那是人，絕不是鬼……

縣太爺把膽一壯，望著老太婆叫：「老太太、老太太、老太太！」三聲之後，老太太睜開眼睛，慢吞吞的，心平氣和，一點沒有吃驚的樣子問道：「你是誰！請坐，讓我起來倒盅茶給你；你從哪兒來的？累了吧！」

縣長趕忙走近躺椅，說：「別怕！我是過路人，進來看看您老人家的，您不必起來。」躺椅上的老太婆問：「你不喝盅茶，那麼我就不起來了。你……青年人，拉張椅子坐吧。」孫縣長心中的見鬼感覺已經消失，但奇遇、神秘的想法逐漸升高。他想要弄清楚，這究竟是什麼回事？甚至想到人生輪迴的事。他小心翼翼的向老太婆問：「老人家多少歲了？」

「八十而已；我的老伴已去世三十多年。」

「您就一個人生活，身體看來還健康哩。」

「沒問題，我過得很好。我只每天清早洗過臉後，要到另一條街去買點東西，最重要的是必須買一塊花生糖。你回頭看看，就是貢桌上那樣子的花生糖。那是我老伴最愛吃的花生糖；自他去世後那天起，我都以他愛吃的花生糖放在貢桌上獻祭他。」老人似乎有很多話要講，但當她一再講花生糖時，縣長的神思已墜入五里霧中，而且非常的好奇，想要趕快知道更多關於花生糖的事。然而天快晚了，他想到這個故事也許不是在這個時候聽得完的。因此他打斷老人的話，說道：「老太太，貢桌上那塊花生糖，每天是誰吃去的？」

「青年人，看你也是個讀書人。我問你每年祭孔的豬牛羊難道是孔夫子吃去的？那塊花生糖我每天早晨換上新的，自己把舊的吃掉。這就等於兩個人吃一塊花生糖。明天我多買一塊吧，如果你再過這裡，可以來嘗嘗看。」

縣長的頭有點冒汗，說：「老太太，我知道這種花生糖非常酥甜，你是位好心人，我以後過路這裡時會來看您。」話說完，他就離開那位老太太，離開那間屋，心裡怪怪的走回縣政府。

從那天晚上起，他的甜夢也離開他了……

月亮

葉永茂與粱小燕結婚七年，才生下臉圓圓非常俏麗的葉良；葉良性情溫柔，人見人愛。像命中帶來般，不知從何時起，都叫她月亮。大學二年級起，她就與周星戀愛；周星品學兼優，是獨兒子。父母分別是慈父嚴母，父親事事隨兒子，也相信兒子。但母親卻相反，她獨斷，現實，把兒子管得緊緊的。一開始她就知道兒子心中有個月亮，就小心翼翼的，設法把妹妹的女兒蘇菲拉近兒子。周星的嚴母心想，蘇菲外貌漂亮過月亮，何況蘇家非常富有，蘇菲從念高中時就自駕轎車，自然也有人追她。

周星與蘇菲既是姨表兄妹，自然來往的機會不少。周媽覺察到蘇菲敵不過月亮，要求老伴對兒子做工作，但老伴拒絕，他不贊成過問兒女的婚姻大事。周媽處在單獨作戰的情勢下，採用離間手段，使月亮不放心周星；同時囑蘇菲把周星纏緊，不讓月亮有接近兒子的機會。

哪知周媽「雙管齊下」的策略適得其反，當周星發現他媽媽的企圖時，天天寫信給月亮，表明他此生不能沒有月亮，少不了月亮；只有月亮是他的最愛，如果沒有月亮，他的一生將是黑暗的，他活不下去。總之，他非月亮不娶，也希望月亮對他有堅強的信心。他在信中還告訴她：「我媽媽無論如何是愛我的，一旦她知道會失去兒子時，就必能退讓。月亮，我媽媽以為我對妳的愛只像露珠一般，終只曇花一現；她不知道我對妳的愛像鑽石，永恆堅貞光亮……」

周媽的壓力，使月亮與周星有了海誓山盟的默契。另方面，周媽向兒子步步逼緊，甚至暗示他娶了蘇菲以後，人與財富兼得，前途光明。但周星的反應不但冰冷，還相當氣憤，他回答他媽媽，妳愈說財富我愈噁心；我絕不會與我所不愛的人結婚。我心中只有月亮；沒有月亮，我的心將枯萎，整個枯萎，靈魂也將枯萎。周星的媽媽聽後，對兒子說：「愛情、愛情，愛情何價？我和你爸不就憑媒人撮合的，我們不是很好嗎？你想想，目前我們住家這麼簡陋，門只要開著，誰都可輕易登堂入室。姨媽說過，只要你與蘇菲結婚，便建一所花園洋房給你。兒子，誰能有媽這麼愛你？不會錯的，你與表妹親上加親。媽絕不會看著你有康莊大道不走；我要你記著，最後期限是中秋節一大清早，你須給媽個具體的答覆；你別把媽氣死！兒子，你仔細想想，和蘇菲表妹結婚是最合算的。」

周媽說這些話時，周星的父親緘口無語。他知道他的兒子已深深的愛著月亮，離不開月亮，少不了月亮；連他自己也很喜歡月亮，期盼月亮是周家的。周星和月亮也非常明白，爸爸站在他倆一邊……

八月十五日清早八點正，周媽等著兒子的答覆，很準時，她見兒子從樓上下來，手中緊握著一個小瓶子，對著他母親說道：「我絕不能與蘇菲結婚，我愛的是月亮。倘若媽不給我這點自由，生不如死，我就服下已準備好的毒藥。」說時他亮出手中的小瓶子。周媽沒料到兒子有這一招，一時驚恐的說不出話。就在這萬分緊急的時刻，月亮登堂入室。聰明的月亮瞬即知道大致發生了什麼事，急忙問：「星，什麼事？」

周星激動的說：「我不能沒有月亮，否則我不如自行毀滅！」此際，月亮很俐落的把周星手中的小瓶子搶到手，接著說道：「周星，你就做個孝子吧！我不願見你這麼痛苦，讓我服這瓶裡的仙丹，飛上天，離開人間，周府平安！」

周媽恍如從夢中驚醒，飛快的從月亮手中奪過小瓶，往窗外擲得老遠。之後，她說：「我這朝才見識到；無懼於死亡的愛，我輸了；月亮，妳贏了！——」

（二〇〇三年九月十二日）

奪愛

曾懷仁和吳思禹從小學起就是好友，初中時兩人開始談抱負，希望有個光明的前途。有的同學見他二人總是有談不完的話，諷刺他們穿一條褲子；曾吳暗地裡有個默契：「燕雀焉知鴻鵠志？」

交談理想之中，曾懷仁連將來想有個什麼樣子的妻子，都詳盡的描寫給吳思禹聽了；他喜歡有一雙鳳眼的鵝蛋臉；眉毛要黑要細要長要彎，眼角要飛，鼻孔不上揚，有微微的一個酒窩，不必兩面對稱，上嘴皮邊沿有火柴頭樣一點黑痣，笑時須不露牙根，聲音要好聽。吳思禹講的沒有那麼細緻，只說：「懷仁，除非你自己塑，否則你找不到意中人。我只求性情溫和，與我同甘共苦就好……」

時光荏苒，大學畢業後，兩人便分道揚鑣，各自東西，終至魚雁鮮通。

一別十五年之後，曾懷仁成功地領有美國哈佛博士學位，但而立之年早過，近四十許仍王老五一名。二〇〇三年春節時期，曾博士應泰國一家私立大學重金邀聘前來講數學原理，他沒料到，抵達曼谷第二天就接到吳思禹的電話；他告訴他，從報紙上獲悉他來，而他自己在此當任中國某大公司駐泰經理。此朝真是喜從天降，彼此一別十五年，竟能在異國相逢，真該好好慶祝一番，擁抱一番，歡喜一番，電話中；吳思禹少不了問：「是否帶著意中人來？」

答話是：「王老五罷了！」反問：「你呢？」

電話中商定，星期六早餐之後約九點鐘，他到大學接他；他還告訴他：「你到我家時，會有一番歡喜，想來我倆不致打架……」對方說：「老哥是不是有神經病，怎麼又說歡喜又說打架？哈！哈！哈！」

星期六上午，曼谷的交通不怎麼阻塞，但也並不爽快，兩人在車中暢談十五年來的遭遇，苦樂參半，幸運的是彼此活得很好而正當盛年，展望前途似乎也還燦爛。

十一時許，吳府客廳一片靜寂，曾懷仁東瞻西望；嘆了一口氣說：「老兄算是安居樂業了，嫂夫人不在家嗎？」

「懷仁兄，你請坐下來。」

吳思禹拍拍手，夫人出場了；她緩步到曾懷仁面前微微鞠躬之後，伸手與懷仁緊握，同時說：「思禹高興了幾天了。還說……」

她話還沒說出口，懷仁一邊握手一邊和吳思禹說：「怎麼回事？你這麼幸運！」

「這完全是你當年所描寫給我聽的意中人，兄台的理想竟由為弟來實現。」吳思禹說。

曾博士一直笑瞇瞇的打量著眼前的美人——他從前理想的模樣就是這樣，一分不走。他半開玩笑的和他的老友說：「這不是做夢吧？真的是『這般可喜娘兒罕曾見』，老兄：真可喜可賀！可喜可賀！但是，恕我當著嫂子的面開個玩笑，不！說句俏皮話，『這當然不算是橫刀奪愛』；難怪你在電話中說『打架』什麼的，原來是這麼有意思的好事情。」

吳思禹高興的對曾懷仁說：「她姓余，叫余可喜。」之後對妻子說：「夫人，開飯。把那瓶五糧液拿來……」

（二〇〇三年九月十九日）

水墨人生

王若梅氣若遊絲，慢吞吞的和丘曉松說：「我倆已算命好，享父母福澤，思愛卅餘年，不愁衣祿，遊盡名山大川。看情形我是不行了。」丘曉松握著她瘦弱的手，把耳朵湊近她的嘴，又聽到：「徐秋月自陪我嫁到丘家，她是我母親調教出來的。你固然聰明絕世，也極頂孤傲，從來眼中沒有別人。我告訴你，秋月的聰明不比你差，靈氣在你之上。由女傭而管家，品格好。聽著，我走後，她可填房。在藝術的道路上是你的好助手，你將如虎添翼。」說後她流下眼淚。這般悽涼的情境下，曉松因長期以來生活在禁錮中，突然由愛妻提起秋月，一陣春花秋月的浪漫闖入心頭，他又是好過又是傷心。頃刻間，趕忙把臉貼在王若梅無神的眼梢，在她耳邊說：「妳會好起來的，別想那麼多。若梅，妳是知道我是多麼愛妳的。……」

王若梅就此停止了呼吸。喪事後丘曉松便把愛妻的遺言告訴秋月，彼此淚眼相向的瞬間，蘊藏已久的暗戀之情，便在眉目之間架起橋樑。

兩個月之後，秋月告訴丘曉松，家中所存的生活費最多還能維持三個月。丘曉松望了秋月一眼，說道：「從不賣畫的我，恐怕得賣畫度日了。秋月，妳去把畫櫃中所有我的舊畫清點一下。」

丘曉松倒了半杯白蘭地，懶洋洋的等著秋月回話。突然間，秋月叫出一聲「啊呀！」之後，她昏倒了。

曉松飛快跑進書房，把秋月抱在舊沙發上，用薄荷冰在她鼻孔晃了一陣。過了一會兒，秋月大哭起來。丘曉松忙問：「發生什麼事，這麼傷心？」秋月一邊揩淚一邊答道：「整箱畫都被白蟻吃了！」她壓根兒就沒料到，丘曉松大笑起來，笑過不停，笑到肚子痛彎下了腰，而且流出熱淚。秋月一時間以為他氣瘋了，那箱畫是丘曉松近卅年的作品，是無價之寶。

從不賣畫的畫家笑夠之後，他和秋月語帶瘋癲的說：「所有過去的塗鴉過程，終於結束。這世上，只有三兩位老友家有我的畫。而這現實社會中，真懂水墨的人並不多，也沒有真正好的水墨，有價值的水墨已被珍藏成為無價的傳世之作。

妳才是我夢中的水墨！我將重新開始，開始來一張稀世的《彩雲追月》，我抱著妳昇天。說後他大笑，秋月深知曉松的豪爽與抱負，不以為異。待曉松靜下來後，她提醒他，最多再過三個月，我們恐怕就要斷炊了。

沒有什麼了不起！畫家揚手道，倒點白蘭地給我，把瓶子也拿來。然後，勞妳把宣紙擺好，把筆洗什麼都準備好。我們準備賣畫。秋月，妳看我畫了幾十年，而一大箱水墨孝敬了白蟻，牠們愛水墨畫愛到吃進肚子裡去。然而我的肚裡還有，我將開創新的意境，畫出新天地。丘曉松在宣紙的左邊畫了半座陡峭的山，便坐下來休息，酒把他帶入睡夢中。夢裡，他在揣摩「輕舟已過萬重山」的急流。

等他睡醒，怕吵醒了秋月，他輕輕的走到畫桌前，一幅《三峽流舟圖》活生生的呈現在他眼前，他在想，我好像才畫了半座山；其他的，難道是在夢中來塗的嗎？這絕不可能。特別是在筆法和線條上顯示的神來之筆。他一時間進入無底止的遐想，乃至敲敲自己的腦袋，是我健忘嗎？把畫完成而竟忘得一乾二淨。他在畫桌邊踱來踱去，心中驚嘆宣紙上那些神來之筆……

秋月走到他面前，他還說：「秋月，我清楚記得這張畫我畫了不到一半，就帶著醉意進入夢境。等起來一看，卻畫好了。是有神助吧！」

秋月問道：「畫的好嗎？也許是你在半醒半睡中所畫的也說不定？」

曉松道：「絕不是我畫的，畫的好極了！」

秋月笑起來了。這時曉松方想起王若梅的話：「秋月的聰明不比你差，靈氣在你之上……」他驀然驚起來，把秋月一抱，嘴裡說著：「妳，原來是妳！妳不是凡人，我該拜妳為師。」一面說就要跪下去了。秋月忙挽著他的手臂，說道：「我之所以能補幾筆，全是向老師您學的。如您認為秋月是可造之材，以後您就指點我，讓我成為您的得意門生。」

從此，兩人的靈魂合成一體，兩人的神采透過宣紙孕育出氣魄雄偉的秀麗山河。

丘曉松通知了糾纏多年的藝術拍賣行，就把他和秋月初次合作完成的那幀《三峽流舟圖》交給拍賣行。消息迅即傳遍這個並不重視文化藝術的城市。然而，事情就這麼巧，拍賣之日來了一個國際性的畫家團體，曉松的三兩位好友也趕到拍賣場，存心要買下曉松的作品。

藝術的拍賣行主槌人是位識貨和善於掌握時機的高手。他見那麼多遊客在欣賞那幀水墨。因此一開市便以非常激情的語氣說道：「我很傷心自己不富有，因此今天要拍賣的一件傳世的水墨畫將與我失之交臂。諸位已經欣賞過，這是一幅氣勢磅礡的水墨畫，氣象萬千的山水畫，有濃烈詩意、優美、恬靜的好景色。畫家功底深厚前所未有，畫中充滿靈氣，誰擁有這張神品將富甲天下！出價吧！他揚起手中木槌。「五十萬！」誰都知道這是底價，丘曉松在一角觀望也有些吃驚，一陣靜寂，這邊，那邊，竊竊私語之後，五十五萬、六十萬、六十二萬，一直上升，到了一百萬時，氣氛非常緊張。這時丘曉松發現是他的朋友出的價，他勢在必得。似乎其全部家產大致也只這麼一點，但他識貨。

掌槌人在重複，一百萬、一百萬。

一百二十萬聲音出現，接著是一百五十萬、一百八十萬。這之後，掌槌人重複了一百八十萬兩次之後，幽默了一下說「是泰幣不是美金」（全場一陣笑聲）。停了半分鐘，木追敲到桌面上。「一百八十萬」。

買主是個法國漢學家，也醉心於中國水墨。經主槌人介紹，與丘曉松夫婦見了面，並口頭約定請他備卅幾張畫，他將邀他到巴黎展覽並在藝術院揮毫。

這消息迅速傳到歐洲，又反傳回亞洲。丘曉松的大名很快傳開。興之所至，他開始苦幹，二人又要畫畫，又應邀訪問這裡那裡，終於，他們閉門謝客，同心合力在家中創作。

世上很不可能有這麼通靈的心，兩個人的靈感和構思等於從一顆心流淌出來，不僅只是默契，而是心靈相通，如有神助。丘曉松與徐秋月傾天賦的智慧把一張宣紙變成「仙紙」，每完成一張，他們欣賞之餘，樂到相抱相吻，喜極而泣，愛情與智慧的交融碰撞，飛躍的歡欣必須借酒祝捷，甚至相擁而融為一體；他兩人已非凡人而是神仙，這個世界在他們眼裡已不存在。存在於他們心靈中的是水墨的靈動與變化，是線條的無以復加的魅力……」

秋月一天天在變，好像不必再吃人間煙火一樣，她沉迷於水墨，她恍惚想到當登峰造極之際，也許就該終結。在與丘曉松揮毫至入神時刻，她和他說：「我們應該選一個時辰，同時在水墨仙境中與世告別。」

丘曉松以朗誦般的豪爽答秋月：「終結總是要到來的，但也許除了人為，上蒼不會盡如人意的。妳別發瘋得太早，我還正無底止的戀著妳和愛著妳，來吧！揮灑我們的靈之夢……」

應邀到巴黎揮毫和畫展之前，一九七五年春天，他們帶著六十幅水墨應香港總督的邀請要在香港作為期三天的展覽。那六十幅絕世水墨，不幸與夫婦畫家墜毀於越南……

（二〇〇四年四月三十日）

風月無價

錢鼎亨不但繼承了父母親龐大的財產，也帶著他祖父的藝術才華基因，他成功地管轄著兩家酒店，還有工廠及出入口公司。照說他該是這個社會中的紅人，但他與眾不同，採的是低姿態，形同隱居；因此很少有人知其來龍去脈，大半時間幾乎沒有人知道他身在何處？

長時期以來，還沒有人知道他曾在巴黎藝術學院下過苦功，也大致沒有人知道他是畫家。他的水彩裸體畫的功力，實際已不簡單。錢鼎亨所走的是弗林特的道路，在畫意上追求男歡女愛的精神溝通，肉慾的滿足近乎深藏不露。一般上講，雖見無邊風月，卻有其高不可攀的雅致氣質。現實社會絲毫沒有他藝術成就的訊息。錢鼎亨早在卅多年前，就在其屬下的建築中佈置了一間寬敞和設備齊全的工作室，除了一名訓練有數的管理員，就只他和他的模特兒能進入工作室，那是秘密高雅的藝術殿堂。

蘇菲當他的模特兒已達廿年之久，她是錢鼎亨在港泰航機頭等艙中發現的理想人物，他當然清楚她是享譽國際的「名模」。雙方一談便同意合作，代價之高自不在話下。

蘇菲從進入錢鼎亨的工作室之日起，就對這位對外完全封閉的畫家很感興趣。他沉默寡言，一派君子風度，即使要模特兒改動姿態，也只用嘴非常禮貌的請求；模特兒在脫衣和擺姿態之前，有帳幕遮著，擺好姿態才按鈕揭開帳幕，畫家在五尺之外作畫。他用銳利的眼光審視和解剖他要活生生畫下來的，比如說半隻乳房，或一道臂與腿間的弧線，他往往要將所畫的要點透過眼睛以至刻印在心上，才形諸紙上。因此之故，觀察和思考的時間多，動筆的時間少而迅速。蘇菲一般上作狀兩個小時，其間須休息三次之多，為錢鼎亨做模特兒她認為是一種美妙享受。

蘇菲心想，錢鼎亨的藝術創作終將是傲世之作，他的氣質和品德更非一般；她有些愛他，但她好像非常清楚，他們彼此間應保持在情或愛的適度邊沿。再說錢鼎亨已花甲之年。又有一位賢淑而雙目失明的妻子，兩男三女從來都掌握著相當的事業。她在他心中，也許就僅僅是一名模特兒；說輕浮一點，可以說只是他工作室中的一朵鮮花。她還曾經想，他也許志不在藝術，意在欣賞之間。但無論什麼待遇，她都滿足。

完全出乎她的意料，錢鼎亨有一天在放下畫筆時，倒了半杯白蘭地喝下，然後慢吞吞的自言自語：「這美人兒也許會教我終身難忘，也許渡我到藝術殿堂的也是她……」

蘇菲微笑道：「你有點令人不可思議。」

錢鼎亨：「我什麼也沒有說。」但接著他又說：「蘇菲啊！美的線條往往牽引著我的靈感飛升，妳的形體足以教人迷失了心的歸宿，如此而已……」

錢鼎亨與蘇菲的合作是愉快的，快將廿年了。工作室裡只掛著大約卅幀作品，其特色是沒有一幀全裸的，然而每幀都隱藏著咄咄逼人的美感；明白的說，都帶著令人想入非非的誘惑性，然而可登大雅之堂。

蘇菲約滿時，正是錢鼎亨略微受到經濟不景影響之際。這時畫家異想天開，想試試他的畫是否值幾個錢。他把價目訂得很高，反正一張賣不出他也不在乎。然而料想不到，在畫展的前夕，有位紳士找到了錢鼎亨，他要他總結一下全部合多少錢？他要全部買下。錢鼎亨突然發現他的畫這麼值錢，要想變卦就缺君子風度，最後協議讓他展覽三天，買家則先付了款，畫展結束才來搬貨。

畫展一開，就都說賣了。這時有人願出雙倍的價求錢鼎亨讓三兩幀也已經辦不到。錢鼎亨一時名聲響亮起來，訊息迅速傳揚。

這之後，他走入臥室，突然若有所失，悲從中來。名和利都有了的錢鼎亨，從酒杯望去，見到的是蘇菲的無邊風月，是蘇菲的線條，蘇菲的形體。最後他翻出蘇菲的地址，寫信求她最少也要與他再合作畫一幀畫，否則他必將後悔終生，因為目前他只有空虛，只有寂寞……

時隔兩個多月，回信輾轉從倫敦來到。蘇菲告訴畫家：「我們不曾發生戀愛，但我是懷著失戀的悲情離開你的工作室的。這之後我從事商業，有過令人難以想像的財富與風雲際會，再加一言難盡的歲月滄桑。目前我癱瘓在醫院的病床上，很抱歉不能與你再度合作。但有一點，我相信你會從回憶中發現我是多麼愛你，而你可能一輩子忘不了我，在心裡說一千次一萬次愛我。當然我有一件事求你，千萬別來看我，再說你也找不到我……

錢鼎亨接信後，默默的坐在他的工作室中苦思。他曾經感覺到自己也許會發瘋，甚至會自殺。三天過去，一個星期過去，錢鼎亨病了……

一天，他高價賣出的畫全部都又被送回來了。錢鼎亨驀然驚喜襲來，這什麼回事？而畫的包裹中，只留有一張字條，寫的是「愛情好似看不見也摸不著，但又這麼教人難以消受。我曾以廿年的時光與你相伴，終於我買下你筆下的無邊風月，而今為了愛，我送還你，我樂見你收下這份『風月無價』的永恆禮品。」

少少的幾個字，像天書一樣的難認。錢鼎亨讀後，想到蘇菲癱瘓在異鄉的形狀，不由哽咽難止，他發願定要找到她……

（二〇〇四年三月九日）

買畫

頌沙命好，生在富貴之家。藝術大學還沒畢業，便把校花蓬詩追到手。蓬詩的氣質好；又嬌美又溫柔。頌沙彷彿知道點她的秘密，她是孿生女，但從小就被拐騙者分別轉手賣了。蓬詩的養父養母視如己出，愛如掌珠。

藝大畢業那天，頌沙車禍，他頭部腦震盪，記憶神經發生變化，有的事情一轉眼便忘了。最慘的是蓬詩，受重傷之後變成「植物人」，整整在醫院裡躺了三年才玉殞香消。頌沙從此心灰意冷，除了有時到風景區畫張油畫外，其餘時間總是東溜西溜，欣賞女人，像在捉捕蓬詩的風韻……

一晃眼他已五十歲，此時他闖蕩到香港，經常來往於港泰之間。他孤家寡人，風度翩翩，嚴然單身貴族。

一天，他走進賽馬會俱樂部，裡面正開畫展，展出的作品都是裸體畫，而且盡是極富思想風韻的女性型體，絕無一絲絲的俗味。觀眾則衣香鬢影，慢慢觀賞，小聲讚美。頌沙像墜入美麗的夢中，他細細的欣賞了每一張，覺得每張中都有一個靈魂，有一種高貴而又帶著一絲絲捉摸不到的浪漫。終於他發現這些作品的作者，她那麼成熟可愛，但又似乎神聖不可侵犯。他仔細的盯著她看，覺得怎麼看都不夠，而她的每個姿態，每個動作都有韻味，都令人動心；似曾相識……

當然，畫家也稍稍打量了這位參觀者；她還略微向他點了點頭。頌沙一直到人都走光了，還在展覽場中徘徊，而終於走近畫家，說道：「畫都快被訂光了，未訂的約有十二幅。」

這時畫家打斷他的話，說：「你都想買下？」頌沙：「妳怎麼知道？」

「但結果你又不買。」畫家接道。

頌沙表示驚奇，「啊！我的意思怎麼妳全明白？我就直說吧！我全部照價付款，但……」

畫家搶上：「但你要我另畫一幅，必須有我的風韻、氣質和精神，只要有那麼個形象，神似就行。對吧？」

「全對！妳真了不起。」

「你先生，而且將先付款，明天才來取畫？」

頌沙張大嘴巴，說：「妳料事如神。」

畫家不等他說完，順手從桌上拿起一卷，說：「我們攤開來看。」頌沙一面欣賞一面讚美，說：「完全符合我的想像，美極了！」說後，他即從西裝口袋中取出支票簿，同時說：「五萬港幣合適嗎？」

畫家搖了搖頭，頌沙趕快改口：「十萬，十萬！」

女畫家終於含著眼淚說：「先生，去年你就付了款，說明天來取畫；現在你就把畫取去吧。」

「我明年來取不行嗎？」

「你能告訴我，究竟是什麼回事！」

「妳很像我的愛人，她卅年前死了；她跟妳一模一樣；她是孿生女。耳垂下像妳，多出一顆綠豆大的肉球……」

頌沙話沒說完，女畫家暈倒了，……

（二〇〇三年九月一日）

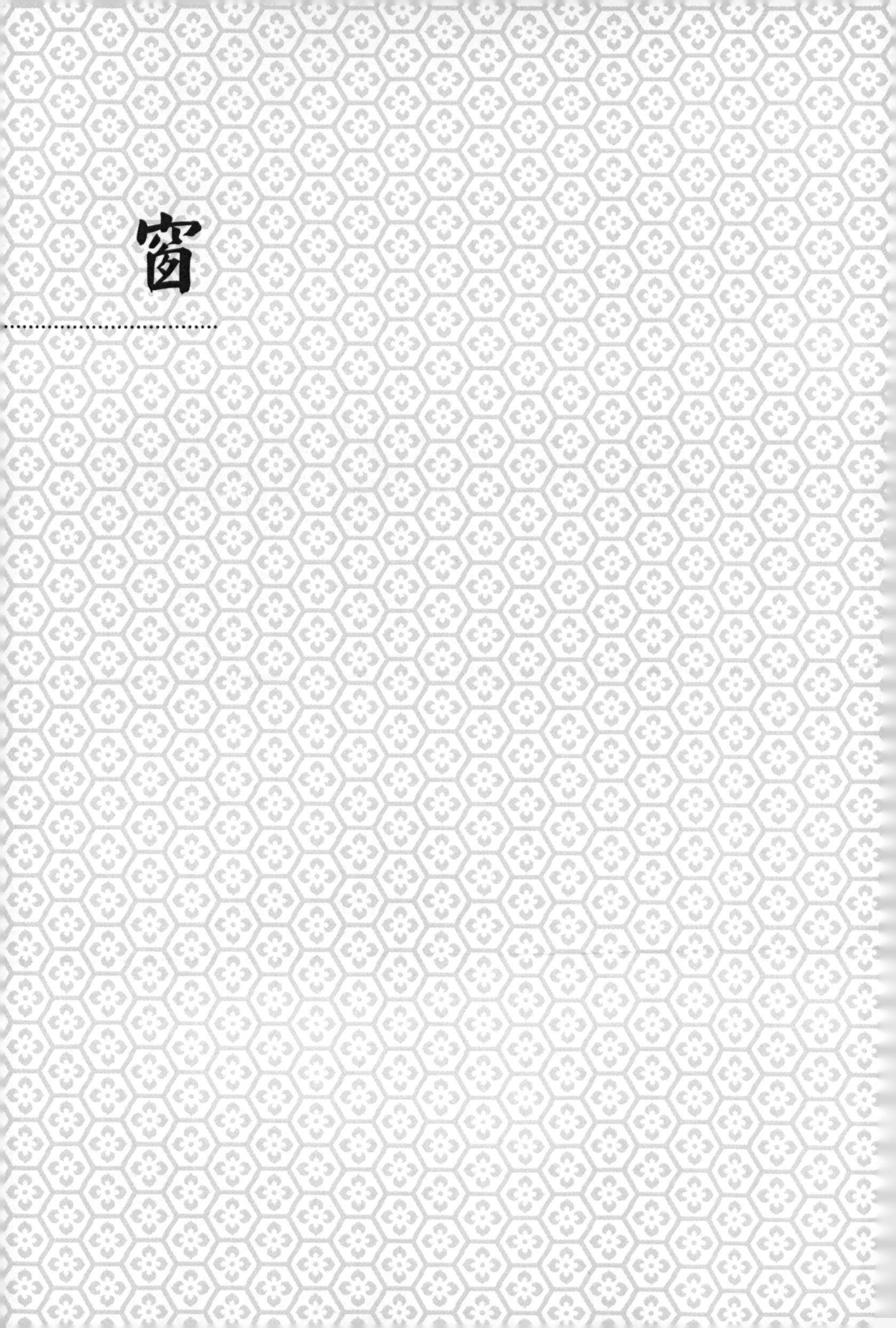

窗

辜存厚，無師自通的金石印章雕刻家。他的確是雕刻家，不是雕刻匠。他父母留有夠他勉強生活的遺產，因此他平時只要接三兩件工作，便過得頗為舒適。他之所以不掛牌不擺攤招徠顧客而有做不完的工作，說來奇怪，是他帶有相當的神經質；他情感用事，他對不喜歡的人，怎麼也不接對方的工作；對他所喜歡的人則刻字之外，還會在印章側面刻上點「寒江雪釣」之類的小景，使那枚印章身價十倍。

神經質的老辜有個既賢惠又漂亮的妻子；最漂亮的是她的眼睛，那雙秋波非常醉人，這也是辜存厚從來不肯離開家的原因。很不幸的是他患了青光眼，據他的眼醫朋友說，有一天會兩眼失明。老辜自此十分憂慮，他首先想到一旦雙眼失明，便看不到妻子的美麗眼睛。想到這一點，他的情緒就不很穩定，甚至一時連手中的雕刀都好像不聽使喚，無法應用自如。

總結起來是：醫生告辜存厚，眼睛未瞎之前，能找到一隻「捐獻」的眼珠，照樣可以雕刻印章，他還開玩笑說「獨眼雕刻家也許還更受人尊重」。老辜則請求勿把他眼睛會瞎的事張揚出來，因不忍讓心愛的妻子知道……

辜太太當然還被蒙在鼓裡。她本就不多管丈夫的事。此時也不知道他為何性情不好，有時竟把手中的刻件砸了。

偶然間，她聽到丈夫的醫生朋友與老辜的對話，知道了丈夫的眼睛會瞎，心中非常難過。

但對著丈夫的面時，總是裝若無其事。只不過她心想，把自己眼球一隻給他，問題不是就解決了，從此，她照鏡子的時間多了，她要看看，只有一隻眼睛是個什麼樣子，方便不方便？再就是要斟酌讓左眼還是右眼？俾兩人同等能互相照看。進一步，她還想對雕刻家來說，是哪隻眼更重要……

照鏡子，無數次照鏡子，一天有很多時間抬著鏡子照。久而久之，老辜發覺了。他想漂亮的老婆怎麼搞的？難道還想招蜂引蝶？不會的吧。但想歸想，他心情壞時，便對老婆照鏡子的舉動十分反感，慢慢的他發現，她照得有些不正常，非常的不順眼，而且從壞處去想，那雙醉人的眼睛也許有一天會成別的「醉翁」的享受。唉！還是別胡思亂想吧！但想歸想，對愛妻常照鏡子的事總是耿耿於懷。

一天午後，他在視茫茫的感覺中餓著肚子，回到家中，所見的是老婆舉著鏡子，一下閉起左眼，一下又閉起右眼，甚至輕聲笑起來了。神經質的雕刻家耐不住性子了。他三兩步到她面前，舉起右手把她左手舉著的鏡子打掉，「砰」碎了！她的心也跟著碎了，她大哭起來……

雕刻家起先還罵：「你就只知道照鏡子，還要哭，哭你媽的！」但再注意一下，老婆已經哭到聲嘶力竭。

終於他改變態度，說了聲：「我立刻去買一面更好的，你別那麼傷心好不好？」

賢惠美麗的老婆開口了：「老辜，你聽著，多少時間來，我一直在端詳，要把哪隻眼珠讓給你，以便你能永遠繼續你愛的雕刻，想不到你竟這樣對我……」

不等老婆說完，辜存厚跪到老婆面前，雙手抱著她的腳大哭！一面以手摑臉，說：「打你這糊塗蛋！」

（二〇〇四年六月六日）

畫魂

到芭他耶海邊看看海浪，在施而惠來說，是想捉捕點寫作的靈感，因為他的確早已經乾涸，彷彿整個生命就快要枯萎了。就在他經過「海濱旅店」，欣賞那座豪華旅店的氣派時，眼睛一亮，一塊牌子上貼著「畫展」的海報。別的東西可以不看，施老頭對畫卻是非看不可的。於是，他完全忘記了當時一身近乎寒酸的衣服，昂頭闊步地闖進展覽廳中去了。冷氣頓然使他感到涼爽。裡面真是衣香鬢影，盡量表現出高尚氣派的男男女女在交談著，對藝術品也指指點點地，顯出深能領會的淺笑。藝術真能提高人的品德，至少全場沒有高談闊論，似乎都陶醉在一種高層社會的氣氛中；即使有人在一開始時便已覺得格格不入，也忍耐著，頂多也只在丈夫或太太的耳邊輕輕地說：「實在不感興趣，我們快些脫身吧！」

施老頭發現，還有人端酒水來到面前。顯然的，那服務員係被他白雪般的頭髮、慈藹的兩眼所懾服，特別的必恭必敬。施而惠順手拿起一杯威士忌，繼續看一幅幅很不尋常的畫。啊！很有創意。一段老子道德經上坐著一個裸體男人，有些部分全然工筆，居然鬚眉畢露。女觀眾們好像處變不驚，也仔細的觀賞一下；要非那畫中人類乎有點神經兮兮的樣子，看畫的人反而很可能變得神經兮兮起來。這，也許就是所謂「多元化的抽象主義藝術」的魔力了吧？無論如何，那些畫是非常之特別的。有人說，因此之故，這些作品西洋人是欣賞的。施老頭在聚精會神要想尋找出、這位畫家何以會有如此驚世駭俗的靈感之際，那位才三十多歲但稀稀疏疏在嘴唇及下顎插著鬍鬚的畫家正和一位紳士解釋：「……我研究了中國數千年的思想文化，而把其精華融匯在藝術之中；無論是道德經、離騷、禪宗文化，對中國思想藝術都有深遠的影響……」聽的人好像肅然起敬，事實上墨者黑也，這位紳士不惟不求甚解，而且也不在乎；他心裡真正盤算的，是用什麼藉口拒絕？他絕不會輕易以兩萬元泰幣買一張廢紙。在一個生意人來說，應付一個藝術界中的初生之犢，真易如反掌，只不過像貓戲老鼠般，殊堪玩味。最後，畫家拉起空網，分明曾見的那尾活鮮鮮的魚卻不見了。在這個畫展場合中，施老頭不必用心捕捉，靈感就像海風般陣陣襲來，而且個中滋味令他心深處泛起感慨。在這人類中，誰都只知道自己，但結果很可能就是自己不知道自己；像看畫，暫時，人人都好像很懂。就如同〈皇帝的新衣〉故事中的主角，既然人人都見到，也就沒有人甘願示短？

老頭覺得很有意思，於是走近服務員，很有風度的從盤中端起酒，灌！

走出旅店，他醉醺醺的，海風很大，像要把人吹倒。他那雙破皮鞋好似不聽話，幾乎又寬又大。這時，他滿腦的思想，也像海風樣陣陣襲來；最奇妙的是一幅幅的畫在他眼前飄過，包括四十多年前他的愛人還在當時杭州藝專學畫的一張張素描。那些素描又把當時還祇是十九歲的梁燕引來；梁燕長髮披肩，兩隻鳳眼永遠帶著笑意。老頭這時已墜入幸福的回憶中，墜入夢般的戀愛中。牽著梁燕，接觸著如軟象牙雕的美女的手指時，彷彿心靈長了翅膀，腳下有音樂的旋律，愉快輕鬆。一直到如今，他仍非常驕傲，曾經擁有一個極有藝術才華的梁燕，而他與她之間，僅只有過纏綿的吻的親密程度。那年，他們必須暫時離別，他們心照不宣，確信只是暫時的離別。臨別時，梁燕交了一張捲成一根小棒兒的畫給他，叮嚀必須在離開國土之後方能打開來看，希望他好好保存。施而惠曾經遵守諾言，當出國的飛機離開國土時，他便在飛機座位上慢慢的展開那卷梁燕親手交給的畫。才一攤開，他便又迅速捲起，因為是一張裸畫，而且顯然的就是梁燕自己。……

在國外輾轉，艱苦奮鬥的最初二十幾年中，他隨時面對著那張裸體畫苦思，因為他才離開中國的第三年，梁燕便已音訊杳然。不幸，有一次他的居處被盜，那張畫竟也被竊走了。這以後，他一閉起眼睛，幾乎那張裸體便出現，甚至好像具有生命靈魂。這，一直構成他的心靈的痛苦；四十多年來，他一直在打聽、在尋找。海風那麼大，終於夾著雨點猛烈的打來了。施而惠並不著急，甚且細心的領略雨中況味，也想及半小時前欣賞過的那些怪畫。霎時，梁燕那張裸體便又出現腦際，同時雨點夾著狂風使他的腳步移動逐漸困難。他才驚醒過來，告訴自己，我得避一避，無論怎樣我也鬥不過永遠在變中的天氣。心想著，腳已移向一間最近的小屋。門開處，傳出「進來躲躲吧！」的聲音，他把身體餵進小屋，一個與自己相若的老人從一隻破舊的躺椅慢慢的站起來，然後隨手從一邊取一塊乾帕子遞給他。過了一會兒，那好心老人說道：「除了畫畫兒時，我總是躺在這張椅子上，想女人和構圖。我去弄杯咖啡來，你可以躺下來享受一下。」說完，他移動遲鈍的兩腿。

但走了兩步，見客人並未躺下來，便又說：「你先生看過徐志摩的巴黎日記嗎？他說，有一次他去訪問一位老畫家。入屋後，那老畫家指著一張破舊的沙發請他坐下，隨即非常得意的說，你可別看不起這沙發，許多美人兒坐過呀！我告訴你，曾經有一個很漂亮的小姐讓我畫她裸體。啊！真是上帝的傑作。當她站著時，兩腿之間合起來時，竟連一根頭髮也不容穿過。你想想，那是怎樣的教人驚嘆！」說後他瞇眼望著施老頭，及至見他躺下，他才離去。施而惠以一種既來之則安之的心情，躺下，閉下眼簾。但才一會兒，他朝前面望去，發現一張裸女畫，是一個成熟的婦女浴罷走出浴室，身上彷彿還有水滴，但好似真的走出來一樣。美極了！那一身具有彈性的肌膚，許許多多的曲線線條包裹著一個活潑潑的生命，兩隻乳房是那麼的恰到好處。他仔細的欣賞，而且得到一個暫時的結論，宜乎適合於像我這樣醉心於美、鍾愛創造美的聰慧的心靈者欣賞。不能說一張裸體畫沒有性的誘惑，只是那種衝動無形中被昇華，或者自我潛藏起來了；要不然，那張畫必然的沒有生命。生命便意識著需要，性的衝動當然是生命的需要。

正是他胡思亂想時，屋子主人，還是說他是畫家吧！端著兩杯咖啡走到施而惠前面，遞一杯給他之後，說：「怎麼樣？發現什麼沒有？」施老頭接過，有點不好意思地答：「很美！您老的寶藏很有意思，足以令人神采飛揚。不知是誰的傑作？是弗林特的還是埃蒂的？」

畫家聽到如此內行的話，興趣盎然，接道：「他們筆下的必然是洋女人，您老方才見的可是東方的體型。您怪有意思，知道一些畫裸體美人的大師的大名，我向你致敬！說起這兩個人來，使我想起些非常有趣的事。埃蒂有一張畫，畫的是呂底亞王坎多萊斯暗向基格斯展示其妻的令人想入非非的畫。有關的故事說，呂底亞王非常著迷於妻子的胴體，以致忍不住叫侍衛基格斯躲在其睡房中偷看，要問問基格斯的感受。翌日，王后召見基格斯，說他可以選擇被殺，或弒國王後娶她，以彌補他偷窺之罪。哈！哈！你看這真是有意思，至於後期幾乎是近代的弗林特，充任他筆下模特兒的，總是半老徐娘塞西利亞。說實話，其間的精神上的愛戀，是應該令人艷羨的；要不然就是弗林特生理有缺陷。你說對不對？」

施而惠在想，眼前的畫家，滿肚子的藝術與愛的思維。看情形，似乎還是孤家寡人住在這兒，又或許這只是他的工作室。但他不想過問這許多，因為雨停後總得離開。因而他趕忙先講心中最想講的事情，他接道：「我暫時同意您老的想法，但無論如何那塞西利亞並不是我倆的。我想問你，那張出浴圖是你畫的還是有什麼別的天才畫的。還有她是誰？」

對方答：「我已經暗示過我是畫畫兒的，我姓李，十八子李，名大空，大小的大，天空的空。您老很有意思，見到裸體畫能思及攀附在那作品上的靈感背景。那幅出浴圖說來話長，但無論如何，那畫中人歸天去了；我為她而終身不娶。這就是我的人格，信守愛情。她活著時是一位泰國有昭丕耶爵位的親王的侍女，身段很美，胴體有一股誘惑力量。我不知道那泰國貴族的想法和企圖，他僱我為她畫出浴圖，我窺看了很久，終於竟與我要畫的模特兒認識起來，以致動筆起來竟如蝸牛爬行。結果我們戀愛，然後一起逃跑到窮鄉僻壤，遭遇像小說情節。簡單點說，她不幸夭折，像一朵花，剛開放便迅速凋謝。那貴族家後來家道中落，我竟在拍賣場合把我最得意的作品以兩千銖代價買了回來。這以後，我一直就看著這張美妙的畫過日子……」

施而惠聽得有點不耐煩，但因為有點像他對梁燕的思念，愛人的美的胴體包含著靈魂一直活在腦際，以致使他一直想追尋同樣的美，同樣的外形與同程度的內心的美。

終於他問那多情畫家：「我想知道你最初是為她形體的美而動心呢，還是彼此發生了情感才墜入情網的？」

「唉！說實話，兩種情況都有，但我以為，最主要的還是她的聰明；她很機巧的表態賞識我的才華，從而她竟發覺我已萌生一種愛她的意識。這一點，是我感覺出來的，其實我絲毫未洩露愛的心思，她也未作任何超乎普通往來相處的限度，而是心有靈犀，我總是非常動心，同時發覺和猜想她似已窺悉我因她而紊亂的情緒。先生，愛情就像風一樣，看不見也摸不著，但你會有感覺。而你的感覺可能就只是你的感覺，這比風還棋高一著的風，能讓感覺到風的人說我一點都沒有感覺。總之，有愛情的人心裡明白，不用解釋；有的人永遠不表露，讓心中的愛跟著他自己的軀體埋葬。

「先生，您老的這一問，使我收不回來了。我的真正目的，在告訴你，世上一切不可能的事往往在某一瞬間會成為可能。愛情是非常有意義的男女關係。我看，雨已停了，我們相處的緣份或者就將結束。」

這時施而惠突然想到，該是離開的時候了，為了偶然避狂風暴雨，闖進別人的小屋。幸好遇到的是位神經兮兮的老頭，彼此竟談得很投機。但無論如何，他有一種感覺，這情境好像不是一百保生的真實，有點與夢境差不多，但又分明並不是夢。因而他驚告自己，何苦來恍兮惚兮？自己並沒有病，當然身處在現實世界。

「好吧！」他說，「承蒙讓我避雨，又招待我，而且講了很多有意思的話。我很感謝！我以後會再來拜訪的。」

這時，那好客的畫家從櫥架上順手取一卷畫，遞給施而惠，同時說：「送給你做個紀念，希望你好好保存；你帶回家便知道是幅什麼畫，而且相信你會喜歡。」

施而惠趕忙應道：「怎麼可以？唉！」他接過畫卷，又補充：「謝謝！謝謝！」

「再見！」畫家臉上露出帶有幾分神秘的笑，霎時令施而惠敏感到，對方的接待好像會是一場什麼惡作劇。但他立刻糾正自己，不可以小人之心度君子之腹。然後他拿著畫家送的畫卷，鞠躬而退。

出得門來，他覺得風很冷。遠處是輝煌燦爛的萬家燈火，近處卻似乎荊棘滿地。施而惠趕忙叫了一輛「三輪車」，準備回到他朋友的住處。臨上車時，他還自己肯定已經好好的拿著畫卷，也有一種滿載而歸的舒適感覺。

回到小漁村附近，他覺得一身冰冷。進到屋裡，便迫不及待把畫卷攤開。就像四十多年前在航機中攤開梁燕送給他的那張一樣的攤開；方一攤開三分之一，他便驚訝起來。「呀！」了一聲，最初閃過他腦海的思緒是：「當年被竊的畫怎麼在他手裡？」施而惠滿心歡喜，然而才一瞬間，他便打寒噤了。畫怎麼翻過來了？再詳細看，畫中人明明就是梁燕自己，然而並不是他本來那一張。這一張，畫中人的方向和佈局都不同，特別是那雙眼睛，像真的人的眼睛一樣，盯著他。頓時，施而惠的情緒紊亂起來，他判斷這當中必然有什麼原因，雖然理智上他想不過是巧合，但畢竟太巧了，巧到令人毛骨悚然……

施而惠小心翼翼的捲好畫。他細看捲好的畫卷，塵封的痕跡非常明顯，那是舊的，不是新的。對啦！他想，我竟連畫上的款與時間都不看？然而，他已不想再攤開它了。他腦海裡盤旋著許多不可思議的可能，最關鍵的、最應該想到的，乃是梁燕只是行蹤杳然；她極大可能還活在人間。這個充滿希望與奇蹟的念頭，一瞬間便又消退；消退得非常有理由，要是梁燕還在人間，她不會不找他。而且，梁燕家中的所有還生存著的人，都在尋覓梁燕，都想知道梁燕的蹤跡。這是施而惠知道的。

他把畫卷放在桌上，點著香菸，深深的吸一口。本來是枯萎了的思想，已經甦醒起來，如果是在他自己家裡，攤開稿紙，靈感可能像野馬奔馳原野；甚且要嘶風，要尋找對象，尋找愛情……

一整夜他都沒有闔眼，他一直想著那張畫的問題；梁燕也許還活著的念頭依然不時出現腦際。

第二天，施而惠拿著畫卷在涼風中行走，他有點恍惚，車子也叫不到，他決心走到昨天接待他的那位畫家那兒，問一問那張畫的來龍去脈。可是，怎麼也找不到那間屋子。而且，驟然間大雨傾盆，才一會兒，他周身被打濕了，那卷畫也完了。見到手中的畫卷不成樣子後，施而惠終於悲從中來，他落淚了！淚流到他的嘴裡，他勉強揮去臉上的雨水，尋找曾經停留過的那間屋子，遠處，舉行畫展的那家豪華旅店不是屹立在那兒嗎？他堅信可以問到那卷畫的來龍去脈！

無論如何這兒就只有一棟小洋房，雨已經停止，他佇腳望進去，好像沒有人。他慢慢的推開門，踏過一片草地，再推開一道門，一眼便望見掛著很多張大大小小的畫，而且畫都是裸體畫。顯然的，這是一位畫家的工作室，施而惠望了一陣，敲了一下門扉，問：「裡面有人嗎？」

「誰？」一位身材苗條的美婦人走出來，她手裡還拿著畫筆，繼問道：「老伯找誰？」

「我，我要找一位老畫家，他就在附近；好像就是這附近。然而……」

對方顯得驚愕，張大嘴巴一會兒，眼睛睜大反問施而惠：「老伯說要找一位老畫家？他叫什麼名字呢？」

「讓我想一想，對啦！他叫李大空；一點不錯，李大空。」話猶未了，施而惠反而被嚇呆了，那美婦人手中的畫筆已掉在地板上，她面帶恐懼的說：「老伯，多少年了你認識他？」

「昨晚我還和他在一起啊！你看，他送給我的畫；被大雨弄壞了。」施而惠手中還拿著一把泥漿。這時，他耳朵聽到的是：「李大空已經死去三十年，你見鬼了！」之後，他左手還按著的那扇門關起來了。

再怎麼叫，都沒有應聲，施老頭只有回頭，腦海中一張張的裸體畫閃過。他自我鎮定一下，肯定自己清醒，肯定昨天及今天方才所見絕不是夢；肯定自己還活著……

（一九九七年八月十五日）

夢醒

孟希年輕時有過一次甜蜜的戀愛，對象芳名柳迎春。在熱愛時期，彼此曾接過吻。不多久，戰亂打碎他倆美夢，各自東西以致根本失去聯絡。孟希走出學校便開始寫作生涯，終於以與柳迎春的戀愛日子為背景，憑想像他寫成了一部十五萬字定名為《夢的追尋》愛情小說，經過反覆刪修，字斟句酌，一看再看，感到非常滿意之後，鼓勇寄給一家報紙的副刊編輯，等待消息，日復一日，如坐針氈。

青年編輯非平庸之輩，鑑賞境界高，眼光遠大，將《夢的追尋》細心看了一遍後，有所領會，心裡在發笑；對孟希的寫作才能萬分讚賞，小說故事情節令人蕩氣迴腸。他用心推敲，這孟希很有可能便是孟東，而女主人翁柳迎春或者便是柳吟梅；他姑母就姓柳，略微聽過她經過戰亂，讀過什麼學校，遊過什麼名山。但，這部《夢的追尋》不便讓她先看，因為作者在描寫青年男女的熱愛情節時，很是熱辣纏綿。尤有進者，其筆下巧妙地暗示了吃禁果的肌膚之親的高潮，比喻和文字技巧之佳妙，引人入勝。他暗想，像諸如「……那些吻在身上的熱吻簡直催人淚下；在穿堂而過的呻吟撫摸，而海洋、無邊的空間在聚合、在離去，然後翻轉回來」一類的令人無底止遐想和受不了的描寫固美，姑母雖非一般普通女性，但他只能裝做不曾想及小說的構思底細，純因欣賞它，認為它會引起讀者的注意，所以採用。登出之前，他先做了簡短的提示，要讀者細細品味。

《夢的追尋》登出，迅速掀起如潮好評，編者的姑母居然也看過，而且表示讚賞，非常喜歡孟希的作品。

終於東方出版公司與孟希簽約，出版愛情小說《夢的追尋》。連載這部小說的報紙，也就是隸屬於「東方」的。而「東方」的老闆熊繼舜正是這位青年編輯的姑丈。如此一來，採用《夢的追尋》的編者心裡有數，更裝得「大智若愚」了。

《夢的追尋》帶給孟希好運，他對自己的寫作才能信心倍增，且計劃繼《夢的追尋》的出版，再寫一部《夕陽美景》之類。

東方出版公司為《夢的追尋》舉辦了一次盛大的發佈會。是日，非常得意的作家孟希帶著他美麗的妻子先到場迎賓，與會者均文化界有名之士，一般讀者則因《夢的追尋》的羅曼蒂克，想要見見浪漫作家。新聞界的攝影機鏡頭則多瞄準作家夫人，大致她的年齡有點與頗為蒼老的作家不很相配，致有捉捕「白髮紅顏」的浪漫情趣。孟希滿面笑容，兼之多喝了幾口酒，也就很容易發表感想；有人問及小說中的女主人翁的結局可能怎樣？作家非常傷感的說：「她已與神同在，拙作正是為了紀念她而寫……」

熊繼舜很有風度的在場與嘉賓周旋，他和孟希小聲說：「東方出版公司的董事長五分鐘後便會到臨，我們董事長還是第一次出席新書發佈會，這也許是特別欣賞台端的大作。屆時台端宜抓緊機會多表現表現，則今後的作品必然洛陽紙貴。而我們公司當然也沾閣下的光了。」

孟希方心花怒放的答：「不敢！不敢！」猛然見到全場注意力集中正走進大廳的高雅女士，其手采華貴，流光到處，紳士點頭，女職員欠身。孟希立刻認出，她正是柳吟梅，三十年前因戰亂而與他離散的小美人。一時間，他感到萬分羞愧，因為《夢的追尋》的大部分是憑空想像，誇張出來的，而女主人翁就是正走入人群中，非常具有吸引力的成熟和放射著女性溫柔的大美人。孟希又驚又愧，他剛才還說「她已與神同在」，而在書中自己一生未娶，一切都是天下大謊；他自己不是作家而成了說謊者，但問題是他就要面對在他筆下已經「走了」的人，想到筆下流出的無限浪漫，白紙黑字，裝釘成冊。這時他恨不得能鑽入地下。正是惶恐、羞愧，不知如何是好之際，柳吟梅已站在他面前，她伸出手，嘴中流出滑溜溜的言語：「老孟，恭喜！恭喜！」

老孟臉紅，口語木訥，說：「我很不好意思，孟東罪孽深重，希望妳勿見怪……」

「老孟！小說就靠奇想；我很光榮能提供你那麼豐富的想像，望你再接再厲！」

孟希從夢中驚醒過來，一句話也說不出。

長髮

周助教已經長髮披肩，學校裡許多教職員都暗地議論，說她留了長髮後反而不怎麼可愛了，但伍長青心裡很同情她，也覺得她在某些地方非常可愛。這其中有點秘密，要揭開所說的秘密，話就得從頭講起。

伍長青回到泰國已經六年，漸漸的才把留法十年的生活淡忘。從花都巴黎返抵佛都曼谷後不到三個月，他就應聘在清邁一所藝術學院擔任美術理論教授的職位。因他擁有博士頭銜，又是從巴黎來的，再加上隨手畫了幾張畫都極不簡單，所以他成了美術學院裡的明星，不但是學生們，連少數的三兩位外籍教授也對他非常尊敬。偏是伍長青教授就是有點怪，不喜歡交際，話很少，除了看書就是發呆；也不知道他是想什麼？有人說他很驕傲，甚至有人說他可能有點神經病。但無論如何，學院中所有的教職員學生卻又都很注意他，這大致因他的氣質不俗，儀表不凡的關係。

長髮披肩的周助教，芳名只一個圓字，懂得說華語的學生們私下都稱她「圓週」。從一開始，周圓就很注意伍長青，五年多前伍長青才到美術學院，她一眼便看上他，但深藏不露，無人能覺察，以至於最近。最初，周圓和伍長青說的第一句話是：「同事們早獲悉伍教授的美術造詣很高，很高興能與您同事，請您隨時指教。」

「別客氣！」伍長青並沒有特別注意。

一次、二次、很多很多次，周圓總是找機會和伍長青說上一句兩句發人深省、語意雙關的話。伍長青的答話多半很短，甚至近乎毫無感情。一個月、兩個月、很多個月，她一直無法深入，無法與伍長青多講幾句話。伍長青哪裡會不知道周圓對他有意？從第一眼，他已覺察到她向他招手，後來情不自禁明顯向他示愛，但他裝做未曾覺察，用種種辦法使她無法越過防線。

也是神不知鬼不覺的，終於有一天周圓沉不住氣，終於單刀直入，很大膽的想觸怒他，說：「伍教授，您好像有什麼心事？」

「沒事！」他答。

她的第二句是：「您曾經死了太太？」

伍長青連氣都不出，只略微搖搖頭。他心裡非常清楚她意欲何為？她愈是追逐尋找，他愈是逃避躲藏。周圓似乎在單戀中煎熬，慢慢的已深覺不安和難受，她知道自己愈來愈愛著這個人，已逐漸跌入因愛而痛苦的深淵。在這種情形之下，要突破僵局就必須出之以大膽的主動了，因而她藉故進入他的房間請教，甚至居然順手為他收拾房間，也為他洗洗襯衣手帕什麼的，習以為常。伍長青雖設防，事實上對方的活動已進入他防區；已進入他的心坎。

他與她沒有什麼深談，但每個週末，他總等待著她、盼望著她闖入防線。周圓見伍長青無動於衷，對她毫無愛意，心裡想試試他，冷他一陣，再觀察他的情緒。

好幾個週末，伍長青不見追求者來找他了。

前年初寒時，太陽照入伍長青的寢室門，他無聊之際，把箱子搬到陽光照得著的地方，打開箱子曬曬裡面的東西；這時他再打開一個紙盒，拿起裡面的一束長髮，而且送到嘴邊親吻了一下。

就在這一剎那，他發覺房門口有人站著，他手裡還捧著那一束長髮，抬起頭看，前面站著的是周助教；她在流淚，顯然的她已看到他親吻那束長髮，及至伍長青抬起頭，見到她流淚的臉時，她一轉身，便向校園匆匆跑去；是的，她像失落了什麼，她一面跑一面哭泣，她想，自己是徹底的失戀了，自己分明已墜入痛苦的深淵裡，而對方卻在與別人的深愛中……

伍長青急忙關了箱子，離開寢室房間追向周圓，追上時，他輕拉住她的手臂，說：「唉！妳大概被那蓬頭髮嚇著了？那不是死人的頭髮，那是一件禮物。如果妳願意，我想講講這件禮物的故事。」

她一時無法拒絕，也不說什麼，她揩乾眼淚，聽伍長青說頭髮的故事：

「十二年前，我帶著爸爸留下的一點遺產到了巴黎，因我是藝術大學畢業的學生，所以到了巴黎。在巴黎，等我把法文補習好，考進一家藝術學院的研究班時，身邊已所餘無多。不久，連買麵包的錢都沒有了。幸好我臉部的憂慮之色很快就被一位很關心東方學生的法國老教授所注意，他叫我去問了情由。當然我把自己所面對著的危機告訴了他。這位老教授稱是拉斐教授的。第二天，他帶著我走到學院附近一家人家，裡面有一對老夫婦；拉斐教授告訴我，每天一早到這位高賓先生或高賓夫人這裡拿一個麵包。那兩老微笑表示同意，並且用很慈祥的語氣說，不必害羞，儘管天天來，一直到你不需要為止。

「法國麵包有很長的，那家人每天給我一個一尺多長的硬殼麵包，勉強夠我一天的口糧；自來水不要錢又很清潔。又過了兩個月，拉斐教授為我找到一份洗盤子的工作；每天午後五時半到那家餐館的廚房，夜裡十一點放工。我洗盤並擦乾，然後放整齊。那並不是中國餐館，而是法國西餐館；一天的盤子夠洗，每晚都筋疲力竭，回到宿舍倒頭便睡。

「有了職業，我就不再到高賓家拿麵包。我記得，第一週當我領到一百法郎時，用十個法郎買了一束很好看的玫瑰花送給高賓先生伉儷，兩位老人表示非常高興。工作雖苦，我的心情卻好多了，但的確腰痠背痛，漸漸的支持不住。大致做了三個月，才算多了一位助手，是個青春少女，她的職責是坐定在那兒幫我洗。我除了洗之外，還要搬來搬去，把要洗的推到近處，把洗好的擦乾推去放好。從那時起，我每天最少有五個小時，和那女子一起洗盤子；多半兩雙手在大盆裡遞來遞去，彼此的手不免常常要碰著，久了不免也談談話。

「那女子的名叫洪卡兒，可以想見她是中國人，但她說她父親是法國人，母親是在河內出生的中國人；除非細看，才看得出洪卡兒是混血，她祖父是法國純種，那管鼻子，不是純中國的鼻子。洪卡兒最引人注意的是，她頭上披下一把烏雲，幾乎人見人愛，見到她的一頭烏雲，你才會真正知道，一個人的頭髮原來有那麼好看，幾乎是披著一道生命彩虹似的。正面看她時，又白又圓的臉，鑲在一把烏雲邊。

「我深知，自己是去求學，甚至幾乎餓肚子，所以，雖面對著那麼一位美人，也從不敢作非份之想，因此我也就根本沒有好好的注意過她，更談不上關心她究竟是怎麼來怎麼去的。

「我與洪卡兒面對面的相處了四年，雖我心如止水，她卻很關心我，時常送點好吃的小點心給我；很注意我的情緒，從不問我的來龍去脈。她每夜十一點正就離開廚房回家；過了很久很久，我才問她是怎樣回去的？她說，有人來接。於是，我放了心；她當時盯著我，彷彿對我的冷漠有些失望。

「與大方灑脫漂亮的女子相處，隨時輕鬆的有說有笑，有時四目交投，心裡又是興奮又是緊張；老實說我已有些害怕，怕墜入情網而無以自拔。

「事實上，洪卡兒卻已深墜情網，她因見我無動於中而情緒紊亂；她有時竟流淚似在哭泣。周圓助教，妳奇怪嗎？我們每天只講兩三句話，彼此不時的四目交投，有時互相問問生活起居，甚至略微談些對人生的看法。我們間最了解時，乃是彼此四目交投的剎那；那剎那間，我以為是具有石破天驚的愛，我常發現她即刻滿眼淚花，低下頭許久才重舉向我微笑，我也一次次覺得心神恍惚，想說什麼也說不出。

「正當我因她而難以自持，情緒開始無法穩定時，她竟未到餐廳廚房中來了，我有點焦躁不安，但卻不知道她為什麼不來工作，也許是病了。就這樣，一直十多天過去，我不安的心愈來愈不能平靜，但有一天，一個老法國婆婆到了廚房，她問明了我確是洪卡兒的同事時，交給我一個盒子，同時說了一句：『青年人，勇敢的面對現實。』之後，她什麼也不說的離開了。我登時已敏感到，洪卡兒必有什麼事情發生，我呆如木雞，未能顧及禮貌，我撕開小盒子時，那法國老太婆已離開廚房，那盒子裡，就是妳看到的那束頭髮，盒中有一張紙，寫著：『贈給您我的長髮，我將會永活在您的心坎；我的遭遇太坎坷，我願在這最鮮豔的時刻凋謝！』……

「就這樣，我就未見到她，也不知她究竟怎樣『凋謝』？」

伍長青講完上面一段故事，周圓的眼淚涔涔而下。

那以後，周圓留了長髮……

（一九八九年二月廿四日）

心

躺在康復醫院十二樓特別病房的李自貴，幾乎全無病容，須細心觀察，人們方能發覺他呼吸有些吃力。五個月前，他曾經施過一次大手術，把右腿中的筋取出用於協助心臟血液循環，因其原有的四條心臟血管皆阻塞；動手術後，其中兩條得到紓解。

手術後，李自貴照樣談笑風生，親戚朋友們莫不感到現代醫術之進步，特別對李自貴的天性樂觀、置生死於度外的表現十分欽佩。大家都知道，這一點是多數人難以做到的。

那次動手術前，他拉著他妻子蘇清的手，非常誠懇的和她說：「萬一我有三長兩短，妳應節哀順變，要想得開；你應該與施永仁聯繫。」蘇清歷來知道李自貴的為人，但此時她卻不願意他想這種事，不免覺得心酸，打斷李自貴的話，故作輕鬆，說道：「你怎麼這樣婆婆媽媽！我想的事是，明年春天我們二人該出國旅行一趟……」

取出腿筋，開了胸，把扶助兩條血管的手術做好，費時五句鐘；五個鐘頭之後，李自貴慢慢甦醒，第一個意念，他確定自己還活著。稍後，他睜開眼睛望見蘇清，嘴皮掀動，蘇清把耳朵湊到他嘴邊，李自貴輕聲說：「我多愛妳，我感激妳；這人間世界多麼可愛！」

五個月迅速過去，現在，李自貴要「換心」了。換心之前，必須接受一次詳細的身體檢查。據醫院所提供的資料，近一年以來，本地有過廿三宗換心手術，大體上都沒有問題。李自貴是痛快人，他向主治醫師爽朗的表示：「只要有機會，我決心換。」因此他到醫院來接受檢查，然後看需不需要就在醫院等待。一般上，檢查了之後，即使能換，還得等機會；據說有的病人因等不到要換的心，等著要換的老心便枯萎掉了。李自貴並不關心這些，反正生死由命，用不著患得患失。李自貴和每個去看他的朋友，都毫不轉彎的說：「我準備換心，只要什麼時候輪到我，有了適合而可供換的心，我便必須作開心手術。我只祈求不要換到一顆黑心。」他不想讓別人為他憂慮，總又補充說：「生死的問題，別去理會。就佛教哲理來瞭解，生命只不過是暫時的存在，是一個永生裝在一具軀殼裡，實際並無眷戀的價值。」

他每次談笑自若的和朋友講這些時，蘇清雖時感心情沉重，總也裝做若無其事，而且協助讓大家輕鬆，她說：「老李這個人歷來好命好運，事事大而化之。上次動那麼大手術，人人為他捏一把汗，他卻毫不在乎；手術後醒來便有心說笑，說我前世做了什麼冤孽，今世竟要在胸口上給剖一刀，腳筋也被抽了。」

躺在病牀上，李自貴非常得意，因為他太太與他同心協力，他幾乎全無病容。

施永仁是從澳洲來電話給蘇清的，他決定了來看李自貴的日期和時間。蘇清當然告訴了李自貴。他們三人間在某種意識下的關係是非常微妙的，李自貴倏的露出一種難以理解的笑容，他對蘇清說：「清，我真高興他來。三年了吧？他不曾見到妳，但他心目中始終有一個蘇清的影子。」蘇清明知李自貴沒有惡意，但卻不能說不帶醋意。她打斷李自貴的話，說道：「自貴，你居然還忍心對我講這樣的話？你怎麼這樣無情，這不等於以小人之心度君子之腹嗎？施永仁是誠意來看你的；他是我們共同的朋友啊！」

自貴很諒解蘇清，她對施永仁的感情可以說玉潔冰清，對於做自己的妻子，一直來忠心耿耿，可是這時他的確想到很多很多的問題，終於他耐下心來，說：「蘇清——我的好太太，請妳聽我說，我是真心誠意的高興，高興他來，我因此產生了新的想法，我對於對妳的愛想有個交托；妳聽我說，這不是義氣用事，我想說，如果我有三長兩短，我以為施永仁不失為一個能保護妳和安慰妳的人。我沒有一點對妳不敬，他不是一直還沒有結婚嗎？他當年不是曾經向妳表示，除非蘇清，他寧可終身不娶……」

「好啦！」蘇清再度打斷李自貴的話，他說：「自貴，我完全了解你的君子風度，但我們實在不宜講這些，不是嗎？我們都已不年輕；我求你，只許全心全意想我們二人的幸福問題，你千萬別想與我們毫不相干的事。」

自貴：「蘇清，世上人間的事，有時候會攀上一個緣字；別小看緣字。我很希望你認真對待施永仁這次的光臨，我預感到我們三人間在靈魂上有一種牽纏；但願我是胡思亂想。」

牀邊，施永仁大方的和李自貴說：「我歷來欽佩你有堅強信心，能把生死置之度外，是一種尊貴的修養與品德，我從來不以為我會長命，所以隨時遺囑在身。換心在現在來說，並不是多了不起的事；我保證閣下沒有事兒，下次我來邀請你倆週遊世界。」說後，他迅即進入一種沉思中。

李自貴深知施永仁盡量在沖淡「開心」的嚴重性，彼此都從好處說話，而且找出足以支持所談的道理。李自貴細心的觀察施永仁，想尋找出他心深處秘密的點滴，但不很容易，施永仁的眼眸總是非常機巧地避過李自貴的窺察。

蘇清處在這十分微妙、誠坦也是言不由衷的時刻，盡量做出所能表達的無所謂狀。眼前這兩個男人，一個是丈夫，另一個是癡戀著自己的單身漢。

施永仁離開病房，蘇清送他到電梯走廊。這時，施永仁很認真的和蘇清說：「隨時打電話給我，無論我在天涯海角，妳都可和公司的李佳小姐聯絡。我一直在東奔西跑，因為我喜歡東奔西跑；妳應該知道我為什麼不能停下來，停下來我就胡思亂想。」

電梯門開時，他們握了手，彼此好好的注視著直到電梯門合攏。

回到李自貴牀邊，李自貴審視著蘇清的情緒，仁慈的問道：「蘇清，我看施永仁有點恍兮惚兮的神情，他的生意做得好嗎？」

「方才沒有談到，但這幾年來他一直在走運，似乎無法阻止財源湧進的趨勢。至於他本人，是有點恍兮惚兮的味道……」

之後，李自貴閉下眼簾休息。蘇清退到沙發上，也想靜一會兒。事實上，兩人的思緒都不平靜。如果說思想是一個人的權利，現在，他們充分的在享受權利了；那權利包括甜蜜與痛苦，包括對未來的胡思亂想；包括一生應該謹慎做人，也包括輕鬆一些讓人生多姿多彩；包括或許就要遭到噩運的折磨，也可能一切都苟延殘喘就如此下去。總之，變數很大。

李自貴想到，自己不幸壽終正寢，不久，蘇清與施永仁有情人終成眷屬；想到他們手牽手到自己的墓前；想到他的墓地被修整得綠草如茵……

蘇清在想，施永仁當年跪在她面前求愛的狀態，表示除了她，他永不會與別的女子戀愛。這一點，果然他是如此的了。她在想，自從與李自貴結婚後，施永仁保持著君子風度，與他們保持著一定的友誼與關懷之情；她同時想起，施永仁曾經多次有自殺的念頭，後來把自殺的念頭變為以冒險刺激面對人生；多年來他一直以遊戲人生的態度生活。

蘇清也曾想到，當施永仁死心踏地、瘋狂的追求自己時，何以終不心軟？理由是父母反對，他們始終固執，說施永仁的壽命不長，他做事一向令人覺得神龍見首不見尾。在蘇清印象中，他做事一點不透明，提出來的意見往往令人閃避不及。

然而這些，這些過去的印象在這次短暫的會見中，好像都不盡然。施永仁固然令人覺得在神態上有點恍兮惚兮，但他語氣肯定，好像殊可信任，足以重託。

醫院突然通知動手術。

李自貴「開心」。

五個小時，整整的五個小時，蘇清在不敢深想的折磨中以禱告上蒼的心等待，好像等待天亮，等待判決；等待結束一切……

李自貴醒轉來，強笑了一下。他清楚看到蘇清的面孔，意識中覺得自己還活著，又過了一天，醫生才讓蘇清和李自貴講話：「自貴，你很安全，現在你已有一顆健康的心。」說後，她控制不住難以形容的苦難與喜悅，掙脫大生大死關頭衝出來的天真，眼淚掉在李自貴的臉上。李自貴從微弱中綻開一盞閃爍的笑，他輕微的聲音彈出節奏：「我愛妳！我還活著！」

三天過後，李自貴的笑容逐漸增多，他甚至在恢復開玩笑的本性了。「蘇清！」他說：「人家說一心一意，大致我該說兩心一意了；就是說，我有過兩顆心，兩顆心都愛妳。」

蘇清也向他開個玩笑：「如此說來，這顆心並不是黑的了。」

李自貴笑了，他想起從前的憂慮，怕換到一顆黑心……

出院前，蘇清打了個電話給李佳。李佳知道是蘇清的電話，便以奉令惟謹的口齒和蘇清說道：「蘇清女士，勞請你用最大的能耐與勇氣，記下我將和你講的話；施永仁董事長已經逝世。」才聽到這一句，蘇清便忍不住：「什麼？」電話裡李佳的聲音：「施永仁董事長已經逝世，而且迅速埋葬。勞請您決定一個時間，施故董事長的律師雷聲普會與您詳談一切。蘇清女士，您還有什麼吩咐嗎？」

「李小姐，你不是開玩笑吧？」

「蘇清女士，我怎麼敢開玩笑？」

放下電話，蘇清坐下來思索：施永仁逝世對她有錐心之痛。但，他怎麼這麼快；怎麼他果然不得長壽？李自貴，他看出什麼來了，要我認真對待施永仁的光臨；他說他預感到我們三人間在靈魂上有一種牽纏。

蘇清決定，暫時把噩耗凍結，不告訴李自貴。似乎也該問問醫生，換了心的人承受得起好友去世的消息不？

李自貴手術後的情形很正常，他照樣要看報紙了，要想吃這樣那樣了，躍躍欲試要發脾氣了……

作了適當的心理準備後，蘇清通知李佳準備與施永仁的律師見面。李佳告訴蘇清，律師的名氣很大，他的話彷彿就是法律，反應靈敏，仁慈，對主人忠心耿耿。

雷聲普律師見到蘇清，第一句話是：「恭喜妳繼承了『永仁公司』的產業，妳已是公司的董事長。」

蘇清不相信所聽到的是真的事實，但她鎮靜了一會，莊重的說：「雷律師，你能不能再說明白一點？」

「施故董事長歷來注意留遺囑，且經常修改。他對生命從來有一種不信任的感覺，這次從澳洲回來，神情間特別顯得對世事淡然。幾天前，他開快車撞了公路邊的大樹，被送附近醫院後已不省人事，但手裡捏著一個字條，寫著：『如果還能用，勞請把我的心臟捐獻給某某醫院等待換心的某某先生，謝謝！』」

律師還在敘述，蘇清直在流淚。

在施永仁的墓地，李自貴與蘇清獻上鮮花。三鞠躬後，李自貴的腮上掛著他平生少有的淚，他呆望著那塚新墳，認真的說著：「施永仁，你還活著；在愛的路上你是成功者，我已經只是一個軀殼……」

（一九九一年七月十一日）

生命

舊房子一所，大有文章哩！

有文章的不是舊房子，是人。

兩層精心設計，適宜於享清靜自在的人居住，整座躲在綠叢中，地勢高，院子寬，週圍還有參天古樹；這般格局，有與世隔絕的氣勢，甚適合修心養性。

屋主的經濟環境似乎不錯，他什麼時候成了這份產業的主人，沒誰去注意。他雖已六十開外，看來已是鶴髮童顏，但卻精神奕奕。四年前，他突然之間遣散了園丁、廚子、車伕和女傭，以鐵將軍鎖了大門，不知哪兒去了？但幾天前他又回來，人蒼老了許多，住不幾天，出事了！留下令人猜不透的問題。……

他叫柳春明，姓名頗富詩意。

四十多年前，隻身來到這兒；雖年輕英俊，卻來個閉門讀書的樣子。安定下來便很少與外間來往接觸。他多半都呆在樓上，除非他敲響用以叫喚傭人的小銅鐘，家中僕役人等不能貿然登樓。

許久前一天清晨，園丁心血來潮，爬上屋後正開遍紅花的木棉樹，他成功的從樹椏中望進樓上窗子，凡視線所及，都好奇的窺看。剎時，見到桌子上躺著一副骷髏。見鬼了！他嚇出一身冷汗，兩眼發黑，要不是迅速以兩手抱緊樹幹，幾乎摔下來了。從此，傳出這所房子有鬼的說法。

桌上躺骷髏，是真的嗎？

每天早晨，都有那麼一次，柳春明起床後，先做健身運動，之後洗臉刷牙洗澡，一身舒適清潔，便點燃一炷印度香，然後搬出一個大木箱，從箱中取出一件用絲線或金線穿合，可以折疊的東西擺在桌子上。這之後，他便坐下閉上眼睛，兩手從容地摸。摸夠，再折好放進木箱，放回原處。大約是一炷印度香燒盡的時間。過後，他才敲小銅鐘叫傭人端早餐上樓。

那個想偷窺主人秘密的園丁，就是剛巧望見大木箱中的「物件」攤開在桌上，幸好柳春明當時剛彎身往地上不知尋找什麼。

女傭口中所透露的樓上陳設，最特別的，是主人經常所坐的椅子前放著一張長方桌，他面對著的是一幀五尺高的半身油畫；畫中人是一個美麗少女，眼睛像要講話，像就要走出來似的，臉和身材與真人一般尺寸。

柳春明多半都望向這張油畫，許多時候，他閉上眼簾像老僧入定；從入定中稍稍睜開眼睛時，也是直視那畫中美麗少女，甚至他心中在低語：「妳的一生太短促，但卻永遠活在我心中。我與妳同在，無論多少時日，……」

他有時竟自個笑起來，想著：任何人知道我的生活真相，定視為神經病。我神經病嗎？我清楚得很，比什麼人都清楚。古往今來，所有愛的故事，並不盡同，有些人因愛而獲得的滿足令人妒嫉。我柳春明最喜歡朗誦的，乃是巴勒特（Elizabeth Barrett）那不朽之愛的詩篇：「……我愛你，如在視界外探測天意；我愛你，如依恃每日無聲之需；我愛你，以氣息、笑、淚、全部生命！……」

可惜我缺少舞文弄墨的才華，否則我寫出的「不朽之愛」才真感人肺腑要人哭。但是，事實上我就實在是不想讓人知道；傳誦著的，也許不盡真實。這個人世，各人在追求著所需要的，在享受著已經得到的，也在滿足著自以為滿足了的，但最真實的還是都保持著若干虛假，不可能和不願意把自己赤裸裸地暴露著，透明得像水晶一般，或許，那又一樣意思都沒有，淡而無味了。

就像昨天發生的事情一樣，柳春明還非常清楚細緻的記得，而且人的頭腦極之構造精妙，只要一回復到四十年前的情景，立刻便整個經過都全盤呈現出來。

他生長在吉隆坡，他和他表弟梅頤青，以及一個叫周汝芳的女孩，三人非常要好；三家在當地都是富戶，祖父及父母都受過高等教育。為了方便在一起，周汝芳還多半著男裝，但因為她太好看，穿起男裝來又類乎再世潘安，沒有誰注意他們三個人形影不離的相處，他們純潔的想法是此生到老，都得三個人在一起了。這種天真無邪、毫無私情的日子，一直維持到十七歲，他們三個同樣年紀，同樣無拘無束自由自在，有錢揮霍，但料想不到，彼此間均衡和同處的日子，很微妙的發生了困難；柳春明漸漸對梅頤青很不怎麼歡喜了，三個人要好一輩子的念頭徹底發生了動搖，但誰都不表露於外，甚或在努力維繫，小心翼翼，彼此在一起，凡碰到一對一或成雙成對的男女關係問題，都設法避開，好像在他們三人間，成雙配對的問題不可能發生一樣，都對彼此間正在演變中的愛或憎，隱藏得更為謹慎，言不由衷，純真的歡笑逐漸減少而成追憶；事實上的演變，減少而成追憶；事實上的演變，是梅頤青與柳春明對爭奪占有周汝芳的狹道上已處處短兵相接。幸而周汝芳的機智聰明和她的美麗一樣，能夠很巧妙的平衡在她的兩個男朋友之間的鋼繩上，而且她熟練無懈可擊。柳春明深深的感覺到，要掌握周汝芳是愈來愈難了，但她在他的感情和生命上似乎已愈來愈重要；說明白一點，柳春明已經非常肯定的認知，此生如果沒有周汝芳，恐怕將難得好好的活著了。無論周汝芳多麼智慧出眾，手段機巧靈活，也已漸漸的感到在兩個男生之間的平衡困難起來了。隨時隨地，只要稍一不慎，三個人便很容易不歡而散，甚至還潛伏著可能同歸於盡的危險。

柳明春曾試探著，要測驗一下周汝芳，在他與梅頤青之間，比較愛誰？周汝芳對這種企圖嗤之以鼻；她透露了她的癡想，也洩露了她心底的秘密。周汝芳一直有一種根本無從實現的幻想，如果能一分為二，讓他倆各得一半，否則由她同時占有兩人；現實一點講，究竟更愛誰，還得假以時日，慢慢的看。

這個三角戀之微妙及平衡之保持，他們當事人之本身都已經感覺，很可能在未知的一瞬間崩潰；那將是萬分可惋惜的事，也將是遺恨終身的事……

要發生的事，總要發生的。柳春明終於採取了一個可以說有些卑鄙的計謀；他設法把周汝芳擄劫到他家郊外的農場裡，跪下向她求愛，要她在他與梅頤青間擇其一。他提出威脅，準備煮鶴焚琴。周汝芳面對這種近乎瘋狂的行為既不緊張也不動心，像保母對付一名頑皮的嬰兒般，毫不在意。愛的問題嗎？必須緩議；要談便三個人談。但女孩子的心畢竟是軟弱的，她見柳春明痛哭流涕，顧慮到他真的孤注一擲，對他的卑鄙行動並無絲毫責難，而視為情的蠢動，情有可原。問題就出在這裡了，梅頤青兩天不見柳春明和周汝芳，心知不妙，立即妒恨交加，即至偵知兩人動向，他便有準備地衝到柳家農場。已是第三天清早，當柳春明端著一杯牛奶在看村中晨曦時，梅頤青突然出現在他眼前，只聽得梅頤青罵道：「你真卑鄙齷齪！汝芳在哪裡？」

柳春明見梅頤青憤不可抑，心想就此把事情解決，撒個謊說道：「頤青，動氣有什麼用？生米已經煮成熟飯，你就讓我一馬吧！」

「放屁！」梅頤青竟從衣袋中抽出短槍指著柳春明。柳春明未料到對方有此一著，登時唬得三魂少了二魂，呆若木雞。就在這一瞬之間，周汝芳突然出現，一見梅頤青握著手槍對準柳春明，便閃身掩護著柳，嘴裡剛叫出一聲「停！」「呯！」一顆子彈射中周汝芳的心房，她應聲登時玉隕香消。柳春明立刻從被嚇呆了的情境驚醒過來，發了一彈的梅頤青自己卻呆了。柳春明眼看悲劇上演，深知已鑄成大錯，對梅頤青嚷道：「狠心的傢伙，也給我一槍吧！」

柳春明這一嚷，又才把被自己嚇呆了的梅頤青驚醒轉來。他像個小孩子，把手槍丟下跑來他面前跪下，抱著周汝芳的屍體痛哭起來。柳春明像瘋人般，狠打了梅頤青一個耳光，嘴裡說：「槍！」

梅頤青反指著方才開槍打死了周汝芳處，流著淚答：「丟在那兒，已經沒有子彈。」

柳春明回復理智，和梅頤青說：「快！我們把她送到醫院去。」

「她已經死了！還送什麼醫院？你打電話報警吧！」

以後的事是梅頤青被判坐監五年，柳春明陪伴梅頤青走下法庭，臨上囚車時說：「頤青，我並沒有碰過汝芳一下；以後我會到監牢看你。……」

每個星期三一早，柳春明都攜帶著點吃的或獄方容許的小東西去看梅頤青。梅頤青每次都和他說：「你到汝芳墓園時，代我獻上一束鮮花。」

柳春明開始時，不覺得這份託付有什麼；漸漸的，他感到，周汝芳雖然已經死去，梅頤青卻依然和他競賽，競賽誰更愛汝芳，競賽誰能令對方慚愧，以至於使對方自覺沒有資格愛她。柳春明每到周汝芳的墓園，都獻上兩束花，歸途中，總想著，他與梅頤青對周汝芳的逐鹿戰不但沒有結束，而是開始。自從他劫持周汝芳到農場，稍後兩天發生悲劇那天起，周汝芳的音容一直占據著他的整個情緒，世界上沒有任何一個女人有她那麼漂亮，那麼的適合於他的所愛。他大抵已經決定，此生將不會再愛別的女人。

到監牢，梅頤青照例只囑咐：「別忘了代我送鮮花到汝芳墓園。」柳春明答：「我會照辦，請放心！」稍後，他補上一句：「其實，你何必折磨自己，要抱歉到什麼時候啊！」

梅頤青有力的加了一句：「我愛汝芳，出獄後，也許會到墓園陪伴她。」

又下一個禮拜三，梅頤青和柳春明說：「我需要一些書籍，務請代勞買齊送來：解剖學、埃及歷史以及一切有關於製木乃伊的方法。買不到時，稍微有關的書籍也行。」柳春明聽後，心裡的反映很不簡單，他想的天花亂墜，亂七八糟。他究竟要幹什麼？於是，他總是把所能買到的有關書籍都買雙份，一份送到監獄，一份自己閱讀鑽研。

柳春明因此看了很多書，甚至廣及研究人類靈魂問題的專書，還有各種宗教關於死亡的結論。他似乎覺得，所有宗教領袖，均對人基本的靈性上的真理有異常想像力，而致力於滿足一般人精神上的需求。良心才是強大的內心光亮！他有時想，自己是不是有些神經病？隨之而來的是肯定的答覆，我很正常。

於是每次去探望梅頤青，他更細心注意體察他的情緒。還是那句話：「代我買花束獻汝芳！」柳春明甚至妒嫉起來了。他果然多麼愛她。

再過兩個月，梅頤青就將刑滿出獄。柳春明不停的推想他出獄以後，將如何到汝芳墓園去陪伴她？自殺，然後與她合葬嗎？如果事情真的如此演變，我呢？明顯的，我比他還更愛她，為何我不如此做？空想了那麼多，結論是，走火入魔了。多傻！他要研究「木乃伊」做什麼？想到此，他笑了。

終於，他下決心再「劫持」她一次。柳春明花了很大的工夫，把周汝芳的屍體從墳墓中取出，做了清潔工作，把她的整副枯骨用金線穿扣起來，可以折疊了放在一個木箱中。

他隨心所欲的做成功後，便作離開的準備。將離開從小到大所生活的城市之前，還去監獄看梅頤青。

遠走他鄉，住進了這所躲在綠叢中的房子，便開始與心愛的「人」同在；每天早晨，都把周汝芳的骷髏從特製的木箱中取出，擺好，閉上眼睛撫摸，睜開眼睛平視時，眼前是那幅美麗的油畫像，周汝芳微笑著望著他。

在吉隆坡，梅頤青出獄，便先趕往周汝芳的墓園。屍骨被「盜」走了！他很清楚這是怎麼回事！「天涯海角，我也要搜尋；我必須找到她。」但是，再不像五年前我到農場那麼容易。地方上都知道柳春明失蹤了。

柳春明早料到梅頤青一旦出獄，發現周汝芳的屍體被「盜」，定會天涯追蹤，所以小心翼翼，步步為營。

整整的四十年，他像自我放逐；他像魯賓孫，陶醉在類乎信仰宗教的一種愛的幻想中，生活在與眾不同的與骷髏骨同在的日子。許多年前，他曾經從一本修練的書中看到，靜坐修行的人，前面掛著一副骷骨。那個意義，完全與他的意義不同；那個意義教人別想到異性，人終歸只是那麼個狀態，臭皮囊本身乃是一種痛苦。他自己的意義是：他愛她，擁有她，為她而生，與她同在。特別是，不願見她屬於別人；無論如何，不能失敗給梅頤青。

但是，有一天早上起來，屋頂開了個約三尺寬圓的天窗，二樓上顯得光亮而清涼。柳春明見此情形，心知不妙，立刻先查看放那口「寶箱」的櫥。木箱不見了！這，除了梅頤青，誰也不會幹。人非草木，相處了四十年，「她」被「奪」走了。柳春明老淚橫溢，頓然若有所失！最後，他遣散了家中所有傭工，離開一住四十年的世外桃源。

畢竟他比梅頤青幸運，梅找他隱居之所花了四十年，他回到家鄉，用盡心機，四十年的時間終於又把周汝芳的骷髏「盜」到手，成功再潛回遠在泰國清萊府躲在綠叢中的兩層樓上。他再不會掉以輕心，他非常肯定，梅頤青還會再度來奪取他得回不易的周汝芳；那副骷骨是他們二人一生角逐的愛情精神之所在。

再回到一住四十年，與一副愛人的骷骨同住、陶醉、呼吸和幻想的環境中，柳春明重複的自問：我有神經病了嗎？

啊！人的內心中急務之一，是要知道生命在身體分解之後的景象。這，有什麼稀奇呢？我在不久的將來，幸運的話，也不過像周汝芳的現在。但顯然的，我將沒有如此的幸運；她一直在被愛中，在被愛中，人也好骷骨也好，被人豢養著的一隻狗也好，也都是幸運的。因此肯定，我比世人清醒，並沒有一絲的神經病。

不過無論如何，要創造出一點多少可以說得上是「永恆」的這樣或那樣的事情，就得有不凡的決心，勇於付出犧牲。柳春明想，要維持與周汝芳永遠同在，是作決定的時刻了。梅頤青定會再來的，他再來，我又再去，他或許還要再來，我當然應該再去。到什麼時候才終止呢？答案是到生命終止的時候自然終止，那麼結果是什麼呢？當然是未知數。……

算了吧！能了結就了結吧！

柳春明在神思恍惚中，放一把火把屋子燒了。消防局把火撲滅，警方檢驗後發現，屋主葬身火窟，還另外有一副骷髏。

不久，梅頤青接到一封信，大意是；

願我三人同葬故鄉松間，風和陽光是我們共同的生命！

（一九九二年三月十九日）

情書

上週末，公司五樓大會客廳有喜宴，與會的人雖不算多，但氣氛活潑，人人都帶著幾分好奇的心情，而最感到興奮的還是所有比較年輕的男女同事。

「看吧！那新郎多醜！」

嘿！真是井底之蛙，那新郎還是某些人心目中的明星。不管怎樣，總有人在說：「天作之合，天作之合。」意似譏諷。

可是，無論如何，總算上天不負苦心人，不是嗎？看那新娘子，真像一朵花，說她多漂亮就有多漂亮！別說男人喜歡，連女人也喜歡；「美」畢竟是動人的，就像完整的藝術品一樣天衣無縫，令人愛惜和喜悅。

當然，這場喜宴少了美男子李俊康。李俊康在喜宴前幾天，就已離開曼谷。

這樁喜事，如果是知道內幕，就不能不有幾分人生就像演戲的感覺。

新郎是其貌不揚的周密，也就是因傷心失望離開了的李俊康的朋友。李俊康瀟灑英俊，但華而不實，只重表面；本來他就已經夠英俊了，再加上他懂得如何穿衣服，甚至小到鞋襪手錶，也都非常時髦；大體上，一眼望去，女人們對他都有好印象。周密就差多了，他不僅有幾分醜陋，甚至也不很注重儀表。但不少同事都非常欣賞他，至少他有男子漢大丈夫的氣概。當然，周密的優點是內在的，例如他文字的優美，才華之出眾，情操之高潔，甚至心靈個性之美，都不是一眼可看出的。周密有這些條件，難怪有絕世美人雅號的劉巧香終於愛上了他；但無論周密有天大的才華，劉巧香之終於愛上他，是要點勇氣的，這就是劉巧香了；她與眾不同，不在乎別人的想法，正如她告訴她的好朋友丘影真：「我是為我自己選終身伴侶，別人的看法與我有什麼關係？」

周密憑那長相，又怎麼能贏得劉巧香的愛呢？這真有點戲劇性，巧到就像一篇小說。然而，真就有這麼回事。

七年前李俊康進到公司不久，所有女同事的目光，都集中在他的一舉一動上，而李俊康似乎事事都行，就是筆下不行，他特別看中劉巧香，但苦於沒有機會向劉巧香表示心中的愛慕，於是轉託周密捉刀，想不到周密正是此中能手，一封簡簡單單的信，便幾乎打動了劉巧香的芳心，她內心想：「此人竟有這麼巧的心思，有這麼好的文筆，這麼了不起的才華！與這樣的人為友，當然是我一生的幸運；雖說從外表看來他帶有幾分浮華……」

魚雁往返了些時候，李俊康的秘密終於被劉巧香拆穿了，但她不露聲色，依然假癡假呆，不過，從此以後李俊康便無法與劉巧香親近了，他衹是一心嚮往著，要設法把劉巧香弄到手，他倆彼此都這麼漂亮，若能匹配成雙，真是天生一對，誰不羨慕？

秘密已經被揭穿了，但李俊康卻被蒙在鼓裡，周密最初階段也是被蒙在鼓裡。

原來有一天，李俊康不小心，從褲包中掉落一張紙頭，被公司裡的女工撿到，她不識中文，又恰好交給了劉巧香，劉巧香一看，眉頭不由得一皺，告訴那女工：「這是一張沒有什麼用的廢紙。」

那紙上寫的是：

密兄：

請再為我寫一短簡，邀劉小姐本週六在麗都戲院門口見面，說我中午十二點後一定在那兒等她。另者，看情形劉小姐尚未注意到我向來的信都是別人代筆的，劉小姐也算是小處胡塗了，此事只有留在來日再為澄清，也許就此胡塗下去。一笑！

弟李俊康拜託

劉巧香頓時覺得李俊康為人很卑鄙，難怪自己心中一直以為其人浮華，同時又想到周密；周密那副尊容固是不堪承教，但他的人品卻是當今少有的，原來他的文字那麼華美，自己看過了他筆下那麼多情書，實在欣賞極了。這李俊康，活該，如果他不大意，把給周密的便條失落，那我將一輩子被騙。唉！老天真是有眼睛。

這以後，劉巧香就開始注意周密，但周密並沒有察覺。漸漸的，劉巧香已經對周密產生好感，除了外貌，周密在全公司同事的印象中都是天下最好的好人，是男子漢大丈夫，是眾人的老師，甚至於他就像一顆明星，當你發覺他那麼多的優點時，你會全然忘記他外形的醜陋。

終於，劉巧香坦白的告訴李俊康：「我喜歡寫情書者的才華，喜歡他細膩動人的文字，喜歡他獨特的幽默感，如果這些優美的文字不是出於你的手，請你對我別存任何幻想。再者如果可能，請你為我與周密之間作些貢獻，說實話，我已經深愛著他。」

李俊康一時既難過又慚愧，最後他把情形告訴周密，而且表示自己將離開公司，離開曼谷。

劉巧香與周密的愛迅速公開了，同事們有兩種說法，少數重視外表的，都說「一朵鮮花插在牛糞上」，懂得周密的才華，甚至了解周密的內心世界的同事，個個都視周密為良師益友，說他是男同事中的標準好人。

劉巧香，美人！與標準男子漢結合。

女同事中，總還是有人說：「如果是我，我是不會嫁周密的，最低限度，我不願和他一起出雙入對，別人見了總會笑的呀！」

然而大家都同意，他們才是「天作之合」。

（一九七三年十二月十一日）

紀念品

多利公司陰勝陽衰，一百多位職員中，女性占百分之八十以上，人事處主任毛小姐的芳名古怪，衹一個「嬌」字；毛嬌小姐年逾四十，以她為準，「女人三十濫茶渣」這句話是不能成立的，因為四十多歲的毛主任雍容華貴，兩腮真的是吹彈得破，人見人愛，而她最受人尊敬佩服的一點，乃是她領有美國威沙女子大學的博士學位，但她可從不提起，也從未表示過絲毫的驕傲，反而是暗地裡，同事們會以羡慕的口氣說：「那毛主任生來命好，能進威沙，與哈佛齊名，都是有錢人才進得去……」

公司全體職員都對毛嬌敬畏三分，也非常的喜歡她，衹是她向來與同事親而不近，或是近而遠之，她能駕御這複雜的人事大權，當然是她對人與人之間的相處有一定的原則。

我與周欣賞進多利已五年多，欣賞外表上看起來很老實，但卻很討人喜歡，大致就是大智若愚那一類，特別是女同事們，總是以結交他為榮，其中究竟有什麼秘密，我也不大能說得清楚。欣賞與我很要好，當我問起他結交異性的事情時，他透露的交際哲學是：「人都喜歡小便宜，女人尤其喜歡，她們也同時喜歡受到讚美，我對公司這群娘兒們，就是根據這個原則，每一個女人，無論美與不美，年紀輕與不輕，結婚與否，都曾在口頭或實際物質上給過她們便宜，只要略施小惠，她們莫不喜歡與我來往，反正不吃什麼大虧，彼此說說笑笑，一副很親切的樣子，何樂而不為呢！

一個最重要的問題，我和周欣賞都是王老五，欣賞大我五歲，他三十四我二十九，我們租了一間小公寓同住，但公司裡幾乎沒有人知道這件事。我之所以要強調這一點，當然是有原因的，由此你可以想見周欣賞此人的頭腦之不簡單。當初我們成了知己時，他就安排下一個計劃，我們在公司裡裝作彼此並不很好，但彼此的動態完全公開，並交換對公司各方面的認識，研究和討論共同的理想與前程，毫不保留。

我問過他，三十多了，「心目中有什麼中意的人沒有？」

周欣賞對這樣的問題多半避而不答。不過，我明白，他對眾多女同事都沒有愛戀的傾向，他似乎個個都喜歡，但個個都不是對象。他甚至和我說過：「張出納員我是滿喜歡的，但她已是有夫之婦。」我開玩笑和他說：「不妨追追看。」欣賞答得非常可愛：「怎麼可以追追看？你該知道，我們對張出納欣賞欣賞可以，你難道看不出她的情感十分脆弱，她似乎絕不能承擔多出一個人來的負擔，此事絕對做不得，我做不得，你也千萬別做……」

公司裡同事間彼此的來往不多，只有在經理的父親過生日時請過大家，公司十週年時聚過餐；會計主任中彩票也請過一次自助餐。另外是人事處主任毛嬙，據說她常常約三五個同事在中午時分到附近食館小聚，但分帳付款。我與周欣賞就曾經被毛小姐邀約過一次。記得在那天，我發現了許多小秘密。我發現周欣賞與毛嬙很談得來，彼此融洽之至，彼此間交換眼色時更是旁若無人。事後我問欣賞：「為什麼你跟毛嬙搞得那麼親熱，就像情人一般？」

欣賞說：「毛嬌是一個很不普通的女人，她外表冷若冰霜，內心卻幾乎在燃燒著。我對她很有興趣，但你想想看，她是博士，我連中學都沒進過……」

細心觀察，欣賞似乎心事重重，停止話題，眼露歡愉，他接著說：「我坦白告訴你，我去過她家好幾次，但未對你直說，可別誤會，她只把我當成是小弟弟，我雖然對她有興趣，但也一向以對姐姐的態度對她。」

我說：「她四十出頭了吧？」

欣賞好像很清楚，說：「四十三。」

我再問：「她究竟結過婚了沒有？」

「這個，我也不甚了了。」

三個月前某日，我曾跟欣賞到毛嬌家，他在她家彷彿很快樂，簡直是賓至如歸。吃過飯後，毛嬌走到餐桌邊洗手時，望著鏡子，兩隻手伸上頭頂，一會兒對欣賞說：「小周！來幫我一下。」

欣賞應命，而使我又吃驚又好笑的是，見欣賞很熟練很小心的從毛嬌頭上拔下一根白頭髮，然後舉到嘴上親一下，還說：「給我做紀念好了。」

毛嬌已從鏡中看到欣賞的舉動，笑著說：「死鬼，作什麼紀念？」

周欣賞鄭重其事的說著：「妳放心，我不會把它丟掉，我會把它放在小皮包的相片背後，然後用一張小黑紙把它夾在中間……」

我為了使他倆更自由些，便走到另一邊去欣賞字畫，那白頭髮的小事，我當然不知道怎麼了結。

上個月某日，毛嬌為公司赴歐公幹，她啟程前一天傍晚。突然與周欣賞光臨我與欣賞的住處。一看便知她的髮型變了，一頭短髮，人看起來更年輕了。她進屋坐下，直言明天要欣賞和我去送機，而且毫不彎轉的，告訴欣賞買一束風蘭花在臨別時送給她。

那天夜裡，周欣賞翻來覆去難以入眠。

在機場，經理也是送行者之一，他把一朵大風蘭花別在毛嬌的胸襟上，毛嬌只是微笑說謝謝，之後欣賞送上一大束蘭花，毛嬌卻笑成一朵花，立刻把掛在她手腕上的一個禮包送給周欣賞，說：「帶回去再看。」

回到公寓，周欣賞解開禮盒，裡面是一束頭髮，那是毛嬌從前盤在頭上的頭髮，現在變成「紀念品」的那束頭髮，已經編成一條辮子，紮著一條鮮紅絲帶，絲帶上繫著一顆心形的紅寶石，還有一張寫著字的卡片。

欣賞看了卡片，興奮的跳起來說：「我真的要飛起來了……」

（一九九〇年一月十六日）

無緣有緣

廿年前，我在仰光認識了莫九三，他是四川宜賓人，時年已近五十。我們相處得很好，當時仰光的《自由報》文藝版上不時有他的散文發表，我清楚的記得，有一篇題為〈生命〉的文章曾獲得當地中文報讀者一致佳評，其文中曾引用了愛因斯坦的名言——「人，距離最後的災難每每不過一紙之隔。」那篇文章對很多人都有啟示。

一九七〇年春天，莫九三死了，因為他是光棍一條，喪事由一班朋友辦理，最令人難過和難以忘懷的，是大家同意把他尚存的三本「鳩三文集」中之一本陪葬。一個人的死，到此或者已算完畢，但他留在別人心坎上的記憶卻永遠是不朽的，甚至是揮之不去的淡淡哀愁。

說起這本《鳩三文集》，真是大有文章，我有充分的熱情與一種對於文藝愛好的「愛」要把它稍微詳細的述說一遍；我所述說的人和事，也許凡所有愛好文藝的男女讀者群中，有人會感到興趣；他的遭遇實在很不平凡。

我認識莫九三時，他多半只談文學和藝術，對政治絕口不提。但從長時期的接近中，我知道他是一個孝子，他自小就死了父親，由母親靠微薄的家產把他養大，除了微薄的家產，他父親還留下一房子的古書，以及翻譯的一大堆世界文學名著。大概是受「書」的影響，莫九三與文學結下了緣，受書的影響，他終於必須死在國外；天生的知識分子，缺少了能適應他生長的土壤，他還有什麼希望……

從十六歲起，莫九三就已開始寫文章，三十年代在四川的報紙及雜誌上已散見鳩三的短篇小說及散文。一九四三年秋天，他隻身到重慶投靠他的姑父，其最大的願望就是為了要出版《鳩三文集》，大約有三十萬字，文稿扉頁上用毛筆寫了一行楷字：「謹以本文集獻給偉大的母親」。他母親是被日本飛機炸死的。

他姑父是船運商劉盛光，姑母之外有兩位表妹，大的劉芝，小的劉蘭，年齡都比莫九三小。劉芝一見莫九三就開始有追的企圖，但她名與實大相逕庭，她又肥又俗，再加上一腦袋的錢的臭氣，使莫九三避之惟恐不及，到哪裡，她都要跟，去哪裡做什麼她都要問，莫九三就是不理。但總是表兄妹，雖吵吵鬧鬧也還是要相處，他們之間最嚴重的爭吵，是莫九三整理好的文集剪稿被劉芝藏起來，作為要脅條件，把莫九三氣得無法忍耐，終於兩人大吵大鬧，結果以莫九三答應與劉芝訂婚為條件取回原稿。可是，原稿到手莫九三就離開姑父母家外出流浪。

霧的重慶，十月天細雨濛濛，寒風刺骨。莫九三把文集原件裝在一個布袋裡，從山洞乘公車到兩路口，目的是要找「抗戰出版社」為他排印單行本。到了兩路口，他到社會服務處吃客飯，飯後，他把布袋交在寄件處到洗手間，之後匆匆取了布袋，再找到「抗戰出版社」，可是從布袋裡取出來的卻是一件毛背心，以及一本英文雜誌，這是怎麼回事？他急出一身冷汗，他立刻趕回社會服務處詢問，但誰也不知道怎麼弄錯的，唯一的線索是當時很多人都喜歡用黑布

袋，可能是換錯了。要查嗎？可說是海底撈針！莫九三氣死了，他自己打頭，欲哭無淚，多麼

對不起自己的母親啊！我這笨兒子。他想，他痛苦，他怪自己不小心。

一九四五年八月十五那天，《掃蕩報》文藝版上登出一篇文章，題為〈母親逝世三週年〉，署名鳩三，文章內容有一段譴責自己不小心把半生心血的文集稿遺失，痛苦莫名。

現在讓筆者稍退後一年多寫起，就是一九四四年十月間的一天傍晚，莫九三垂頭喪氣回到住處，痛苦之餘，順手翻了翻那本英文雜誌，裡面夾著一幀緬甸佛塔的風景照片，照片的焦點是一位很清秀的少女，他從照片背面知道了影中人的芳名是李美鳳。之後，莫九三曾登報尋李美鳳小姐，希望能找回他的文集稿，可是得不到任何反應，報紙上的廣告如石沉大海。想像得到的結論是，李美鳳可能未看到找她的廣告，也可能是其人很快就已離開重慶。

據推測，李美鳳當時也是把黑布袋寄在社會服務處的，但臨走時，服務人員把莫九三的袋子拿錯了，給了李美鳳。李美鳳回到家一看，盡是好文章，她也愛好文藝，所以一篇篇都拜讀了。又由於莫九三的文字揮灑自如，華美閑冶，李美鳳愈看愈愛，進一步她猜想作者的經濟情況可能不怎麼好，產生了同情心，兼之要退回也無路可退，便下了決心，做一件可稱之為「羅曼蒂克」的事，她把那文集送到重慶南岸的「文藝出版社」付印五千本，付清了全部款項，取回一張收條，議明由鳩三自己前來取書。這可算是文藝界或出版界的傳奇故事了。

一九四五年八月十五日以鳩三為名的「母親逝世三週年」一文發表後一個星期，莫九三接到《掃蕩報》編輯部轉來一函，拆開一看，寫道：「鳩三先生：大作均已拜讀，欽羨莫名，以無法即刻奉還，至為抱歉，全部文稿已交由南岸『文藝出版社』印成單行本，一共五千冊。敬希親自到該社取書為荷，款已付訖。本人因急須前往昆明，準備回到仰光僑居地，至彼此暫時無緣見面。地球如此之小，有朝一日閣下如到仰光，或可一敘彼此奇遇。餘不贅，耑此敬頌文祺。李美鳳，一九四五年八月十五日於重慶，……」

莫九三又驚又喜，但翻來覆去細看，那封信未留下通訊處，匆匆到《掃蕩報》報社，自然也問不出一個頭緒，但第二天到了南岸「文藝出版社」，順利地取到了他的《鳩三文集》單行本，從外觀上看，以戰時的首都而論，書算是裝釘得相當精美。「文藝出版社」登時取得他的同意代他發行，他取回廿本留為紀念。

《鳩三文集》很快就再版兩萬本。

莫九三迅速受到文藝界的重視，他腦裡一心想著李美鳳其人。一九四七年，他設法到了緬甸的仰光，但怎樣也打聽不到李美鳳的蹤跡，直到離開人世。

朋友們將莫九三葬於仰光郊外「華僑義山」，令人毛骨悚然而且想不到的事是，莫九三墓穴旁的墳墓赫然立著一塊碑，清楚地刻著：「李美鳳女士之墓」。

（一九七四年三月廿二日）

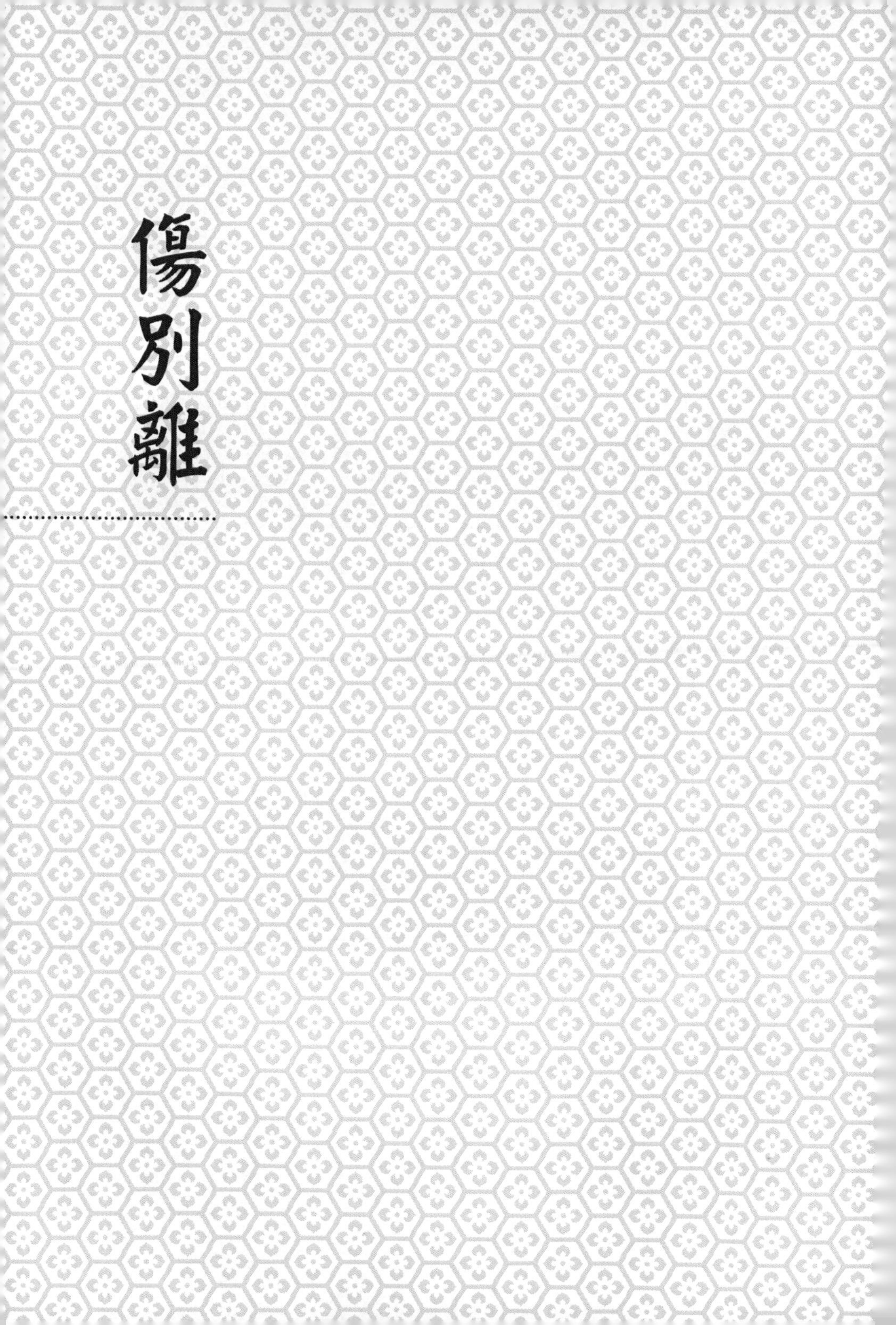

傷別離

四十年前，他倆細語在「平湖秋月」，在「柳浪聞鶯」，在走幽靜的蘇堤與白堤。多數人都讚西湖，但週圍多數的珠紅柱子、綠瓦卻顯得有幾分俗。在一個藝術家的眼中，顏色搭配的和諧，正如音階之於音樂家，非常敏感。

中國抗日戰爭勝利後，位於西湖畔的杭州藝專也跟著復校，中國勝利了，天地視野也都寬了，青年人的興奮之情溢於言表，滿腦子的計劃，滿腔的幻想。記得在擾嚷興奮中，春天一會兒就來到西湖，柳梢抽綠，心浪像春風，陶醉的日子像添了翅膀，飛去得更快，還來不及好好咀嚼就給嚥下去了。這期間，學生自治會組織了一個「敦煌旅行團」。敦煌，對於學美術的學生，吸引力實在太大了。但是，參加前往西北的旅行團總是有條件的，說起來真嚇人，每個參加者須繳三百六十萬金圓券，這個數目，對學生來說，可算是「天文數字」，有這個條件者幾稀！

西畫系的方美廷與國畫系的黎崇山搶先報了名，由於方黎二人是一對戀人，一時煞是令同學羨慕；他們哪裡來那麼多錢？長話短說，是方美廷手指上戴著個傳家寶的緬甸鴿子血戒指，變賣了一千二百多萬金圓券，他倆是夠去旅行敦煌了。他倆能一塊兒到敦煌去，是非常有意義的，至少，彼此間的關係肯定了，畫家與畫家的結合還能不是天締良緣？

二月廿三日，一點不錯，那是旅行團出發的日期，他倆和所有參加旅行的同學一樣，連在夢裡也是跳躍著的；就要起程到中國藝術聖地去旅行了呀！

二十日晚間，黎崇山忽然肚子痛到流汗，即刻送進醫院，「急性盲腸」必須開刀，晴天霹靂，敦煌，去不成了。本來黎崇山在剛感到不對時，曾懇求方美廷捨下她自己參加旅行團的，美廷卻認為，留下來陪所愛的人當然更有意思。是的，隨著愛人處處是天堂；五天住院，倆人傾吐盡心頭願望。畫不盡的錦繡河山，說不完的情話綿綿，長遠的幸福日子，未去敦煌，彼此心裡已畫了無數幅兩人生活的遠景。

現實的變數就那麼讓人意外。不久，京滬傳來戰火，京杭道也陷入緊張中。天翻地覆的天下大亂，使每個人都墜入身不由己的動亂中，大部分人都忙著逃難，而且步步逼緊，秩序愈來愈亂，每個人都類乎站在生死關頭，美廷被同學們拉走了；崇山不知為什麼，她怕起來，她突然覺得離開杭州逃難是不智的；她被另一種力量留下，甚至在緊張時刻，她的行蹤杳然。美廷揹負著傷感離開杭州，懷著一顆痛苦的心眼睜睜望著時代的利刃斬斷了愛情。這就是亂世，這就是劫難，亂世與劫難對男歡女愛是無情的，美廷在非走不可時，離開了杭州。

究竟黎崇山遭遇到什麼不幸？方美廷不敢想像，反正在那種驚濤駭浪的動亂中，一個女學生的失去所蹤算不了什麼；在地覆天翻的巨變中，戀愛的份量已不為人所注意。生命才是寶貴的，安全第一，男歡女愛變得似乎一點價值都沒有了。方美廷心裡在哭泣，他曾經以為自己會為愛情而犧牲，但無情的戰亂竟使他軟弱無力，只能接受如此慘痛的現實。

四十年不是玩的，方美廷由青年變為老人，而且一直是孤家寡人，他吃盡苦頭，也曾不折不扣的十年寒窗，終於得了博士頭銜。一九八九年春天，美廷與一批美國學者到中國觀光，這批學者的最大目的是要考察「絲路」，包括要到敦煌一遊。在這以前，這位美籍華人博士曾托過不少老朋友老同學打聽黎崇山的下落，可是一點消息都沒有，像海底撈針，白費氣力，崇山最大的可能是死了。

年輕時準備與所愛的人一起去敦煌，結果晴天霹靂，她因急性盲腸開刀去不成，現在白髮蒼蒼，和一些幾乎是莫明其妙的外國人去敦煌，無論如何，在美廷心裡，有無限感慨……

在蘭州，觀光賓館中人來人往，中國人也都被視為外國人；一些外國人卻講中國話，有的中國人好似不肯講他的母語。

在夜光杯餐廳裡，美廷一邊細嚼慢嚥，一邊在感慨自身與祖國的命運，在想著有如此悠久文化的民族之多彩多姿，也在想這樣龐大人口的國家際遇。自己畢竟老了；這時他想起黎崇山，此生是無可能見面了，她是否還在人間呢？似乎是不在人間的可能性更大；他甚至偏重於她必然的已不在人世了的想法。想到四十年前幾乎要同時來敦煌的戀人，方美廷不免悵然若失；四十年，人生能有幾個四十年？一直到吃完晚餐，一個同志端著咖啡走來，驚醒了他遙遠的沉思，方美廷這時有意無意的望向端咖啡的女同志，她大約接近三十歲，不禁一怔！那不正是黎崇山的面貌？由於他的失態，那女同志反而睜大眼睛，一剎那，她剛回轉身時，美廷叫住她：

「同志！請等一會兒。」

她站住，大方的等待著。

方美廷仔細端詳，一時說不出話。

「這位先生，是您要我等一會兒嗎？」她不知道這位看起來是中國人的外國佬要做什麼，耐心的發問。

「我想知道妳貴姓？」

「姓胡，古月胡。」

「什麼地方人？」

「就是甘肅人呀。」

「對不起，妳媽媽是不是甘肅人？」

「我媽媽是四川人。」

方美廷突然一身發熱，額角已冒汗，他心裡在想著一種出奇的可能，他儘量裝得慈祥，追問：「四川人，姓什麼？」

「姓黎，黎明的黎。」

「是不是黎崇山？」

眼前的胡同志顯出驚訝之色，反問道：

「您怎麼知道我媽媽的名字？」

一位老頭與一個穿著長褲的女同志對話雖如此簡短，卻勾起無限和不同的迴響；老頭知道眼前的胡同志就是愛人的女兒，女同志驚奇面對的外賓竟知道自己逝世多年的母親。

方美廷這時禁不住流下眼淚，取下眼鏡，從褲袋中取出手帕拭淚，與此同時是喜上眉梢，一種莫名的興奮在支配他無邊無際的思緒，這思緒動搖了他四十年來塵封的愛戀，啟發了他固執的人生。他想，難道冥冥中另有安排？難道黎崇山還在人間？

方美廷擦乾溼溼的兩眼，慈祥而掛著笑意對眼前的女同志說：「我想多和你說幾句話，對妳不礙事吧？」

「幾分鐘沒什麼不可以，先生有話請說。」

「首先我想問你，妳的芳名？」

「胡美。」

方美廷又是一怔，「好一個胡美！」他想。

聰明的胡美自然已覺察出，這位外賓不但可能是自己父母的朋友，或者還有什麼特別的任務？她內心裡開始有幾分緊張，也覺得十分好奇，態度因此既慎重而又盡量的表示出對老人的尊重，她遲疑了一剎那，在老人還未開口時便壯起膽，問道：

「老伯尊姓大名？」

「方美廷；跟妳一樣有個美字，」此話一出，輪到胡同志緊張了，她隨口說了一聲「方美廷」後竟張大了嘴，再也說不下去了。

方美廷看在眼裡，心中迅速想到十萬八千里之外，一時間也很同情眼前的女同志，便故意輕鬆的反問：「怎麼？我是方美廷啊，有什麼不妥？」

胡美這才定一定神，說：「伯伯，我媽媽也認識一位方美廷，我們家還有他的照片；您是不是杭州藝專的方美廷？如果是，您便是我媽媽的好朋友。怎麼了？伯伯，看您一直流眼淚。」

方美廷經胡美一說，才知道自己這一陣子深陷回憶之中，正因為一個「美」字，使他想到四十年前與黎崇山在西湖月老祠的山盟海誓，黎崇山曾經說過，將來她的女兒必定有個「美」字，男孩必定有個「廷」字。胡美的「美」就是方美廷的「美」，毫無問題，黎崇山是一直愛著自己的。

頃刻間，方美廷對胡美道：「胡美，妳快告訴我，妳媽媽、還有妳爸爸，他們都還健在的吧？」

胡美的臉上掛上悲戚之色，答：「伯伯，我已經沒有父母，自小我就沒見過父親，我媽媽是九年前才去世的。」

「可憐的孩子！」方美廷不禁脫口而出。

胡美這時振作了一下，對方美廷表示：

「伯伯，我並不可憐。」

「好！好孩子。」方美廷改了口，跟著問：「妳就是一直在這裡服務嗎？」

「我是畫家，只因我懂外語，到這兒來多賺點錢。」

話就談到這裡，方美廷終於說動了胡美，他到了她的住家；那不怎樣寬的單層住所掛滿了畫。方美廷還看到黎崇山所遺留下的數十幅國畫，其中大部分是西北景色。

方美廷心中，黎崇山復活了；他彷彿覺得，胡美就是自己的孩子似的，但他必須告別敦煌，暫別這位一見如故的藝術家，他同時許下一個諾言，要把黎崇山和胡美的畫帶到世界各國展覽。揹負著這麼一個重擔，方美廷精神抖擻起來了……

（一九九一年七月七日）

笛在月明樓

西湖不只杭州有，中華秋海棠葉上還有更懾人心魄的西湖。雲南劍川的山脈與大雪山相連，劍川縣境的金華山巍峨壯麗，山頂上積雪與雲相接，山道上隨處可見「垂地修篠千丈碧，參天古柏萬年青」。山腳邊的西湖如鏡，湖中游魚從容，金華山的倒影使西湖如詩如畫。六朝如果不是在江南而在滇西鶴麗劍（鶴慶、麗江和劍川），恐就不只文風盛，氣也就壯多了。但劍川卻也是文獻名邦，歷來人才輩出，著作等身的人有史可查，詩禮傳家的人家不少。

乾隆年間的楊秉仁中了進士後，就奉旨到江西九江做巡撫，一做做了五年，之後人伕轎馬榮歸故里。他家就在劍川西湖畔，這地區係白族天下，漢人稀少，通用的是明家語言，明家話就是白族語言。楊進士帶回劍川的人眾，除書童丘小笛之外，都還要回江西的，他們是受僱送巡撫歸故里。至於丘小笛，是楊進士在巡撫任上買來的，之所以買也是出於惻隱之心，那是丘小笛的父親死了沒有錢埋葬，他媽就求巡撫把他買了，免得今後挨餓受凍。丘小笛的父親是賣藝為生，一輩子只會吹笛子，所以把唯一的兒子名「小笛」；當然！小笛也是很會吹笛子的。

楊進士榮歸故里後，丘小笛像到了另一個世界，人人講明家話，他半句都聽不懂，主人家五六十口人，再加長工佃戶，人來人往，但因語言不通，他原來的幻想完全破滅。丘小笛原來的想法是，到了楊進士家，在讀書人家供差遣，也等於讀書一樣。哪知他不幸的遭遇還不僅是語言不通，他跟著巡撫大人方一到下，進士家的五位千金看到他父親在外做官帶回來的書僮，那麼的聰明俊美，就彼此說笑；這個說他年紀可配老三，那個說讓他穿上姑娘衣服多俏。嘰哩咕嚕，丘小笛一點也不知道她們在議論什麼？進士夫人知道書僮是買來的後，就有了堅決的打算，家中姑娘那麼多，這外來的漢人小子不宜留在家裡，和進士丈夫楊秉仁商量後，便叫他到附近村莊去放牛，莊裡還有所舊樓房，要丘小笛吃住都在那裡，不必來家。

自此，從江西來到雲南劍川白族區的丘小笛，變成了孤孤單單的放牛童，不能接觸書卷，日日與牛為伍，與他作伴的就只有身邊那管笛，只要閒著，他就吹起來。這時，他慢慢回憶自己的身世，父親那麼為一管笛著迷，落得在街頭賣藝，終於一家三口無以溫飽，才吹到四十多歲，便緊握著心愛的笛倒斃街頭無以為葬，娘怕兒再遭饑寒，把自己賣給做官的，殮了吹笛吹到死的父親。自己手中這管笛，就是父親臨死還拿在手裡抱在懷中那管。丘小笛舉起笛子到唇邊親一親，一時間淚如泉湧；這就是我父親的遺物，感謝天老爺，我也會吹笛，而且名字就是小笛。我娘呢？娘啊！我多麼想念您，您怕為兒遭凍餓，那麼您呢？想到娘，丘小笛痛哭起來，哭到筋疲力竭倒在草堆上進入夢鄉。夢中，他見到長江水，見到來往的船舶，也舉頭望見廬山；他和許多人講話，講的是與生俱來的九江話，多麼親切，輕巧靈便。許久沒有講自己的話，所以單憑講話就快樂無窮。但尋找他娘卻遍尋不見，他著急了！大聲叫喚起來，「娘！」這一叫把自己叫醒了。醒來，他感到非常悲痛，自己身在雲南，身在遠方放牛。他流著淚，把笛舉到唇邊，用悲悽的笛音抒發心中哀情。丘小笛愈是吹愈是想娘，放牛時他在山邊草地上坐著吹，夜靜更深，他站在破樓上憑欄望月，吹笛排遣寂寞。丘小笛發現，夜靜時笛音倍加悲悽，豈只如泣如訴，簡直是無底止的飲泣，心碎腸斷，他用抖動串連悽楚的笛音吹洩心事：

流水清清
透我的心
天邊孤月
投入靜夜
清清的流水喲
照見閃爍星星
流水流不停
我的苦難何日盡
讓我笛音傳聲息
願我的親娘
福壽安康
流水清清

送我靈魂回九江
笛音悲泣
江西小笛在劍川
笛在月明樓
心在娘身邊

丘小笛夜夜吹出他的想娘心思，夜夜泣哭憂傷，終於生了一場病，幸好經白族醫師給了些草藥，他又漸漸復原，但不知什麼道理，他竟變成啞子，沒有聲音了。

幸好他仍能吹笛，笛聲更見圓潤深沉，彷彿有生命靈魂，行人聽到定必止步，夜靜未入夢的人聽到就上癮著迷。

漸漸的，劍川西湖附近十哩內，都流傳了〈啞子哭娘〉的曲子，幾乎人人會哼，個個愛聽。不過，楊進士家並未注意到，這流行民間的曲子原是丘小笛吹出來的。楊家那五位千金雖曾注意過跟她父親從江西來的書僮，但明家人的讀書人家管教極嚴，漸漸的也把丘小笛忘了。所說的楊進士家五位千金，第三位叫楊其樂美的，個性善良，沈默寡言，喜讀詩書，能吟漢詩，尤愛音樂，她在一家私塾讀書並練習琵琶。少數民族婦女如果有機會習漢樂器，大致受昭君的影響，總是以能彈一手嘈嘈切切的琵琶為榮的。在私塾中，楊其樂美也從一位同學口中記下了〈啞子哭娘〉的曲子，而且她知道作曲者正是她家書僮丘小笛。在家中，夜裡，她打開閨房窗扇，終於聽到遠遠傳來笛音，她直至聽完，才發覺自己一直在流淚；同時，她想起「笛在月明樓」這句詞來。她在追尋，「千里江山盡色暮，蘆花深處泊孤舟，笛在月明樓……」連帶，她當然想到丘小笛的身世與遭遇，不由得為他難過，也為他不平。明明是書僮，為什麼叫他去放牛？這還不簡單，還不是家中姊妹太多，留不下少年男。她想起她媽，別的人家是嚴父慈母，她們家是嚴母慈父，媽說一，父親不敢說二，隨身帶來個書僮，一來到就被遣去放牛，父親半句反對的話都沒有，好可憐的父親啊！想了一陣，耳中再一次傳來悲悽笛音，她舉頭望見一鈎月孤零零掛在天邊。待笛音靜寂，楊其樂美取出琵琶試彈此曲，但她彈不下去，太悲悽了；心碎斷腸之曲教人淚千行，她竟泣不成聲。……

當夜，楊其樂美整夜不能入夢。

翌日一早，她向她父親請安時，乘沒有別的人在旁，她問道：

「爹，那書僮千里而來，語言不通，隻身與牛為伍，實在怪可憐的。要什麼時候才放他回江西去？」

進士好像沒全聽入耳，把視線從《易經》上移開，說：「怎麼語言不通，大家都不是會說漢話的嗎？回江西，江西這些年來很苦；丘小笛有什麼不妥嗎？」

「父親大人，這裡大家都習慣說自己的明家話，丘小笛怎麼竟會變成啞巴的呢？」其樂美試著在刺她爹。

「嗯！他是害病，過些日子如果江西那邊情形好，我想把他送回去。」進士大人心中是有些難忍的，他一直覺得有點虧欠丘小笛。不過他對三女兒突然關心起一個漢人小夥子來，心中頓然警惕起來，腦筋馳騁到很遠的問題上去，又覺得用不著神經過敏，裝得一臉的無所謂狀，說道：「其實這孩子很聰明，雖未正式的入學讀書，但非常之有才華，要不是變成啞巴，無妨讓他讀點書，啞了，很可惜。」之後，他囑咐女兒，「這些話，別跟妳媽講。多一事不如少一事。」

其樂美已經清楚，他爹不能改變丘小笛的命運，除非出現奇蹟，丘小笛的命運才會有轉機。……

過了一段時間，其樂美利用去私塾讀書的時間，提著琵琶偷偷去到他們家養牛的村莊，遠遠的就看到丘小笛。丘小笛並不關心遠處注意著他的人是誰，他坐下取出笛子，吹了些輕鬆小調，其音節之跳躍類乎能引來飛鳥，能令樹搖花開。楊家三小姐為之心花怒放，她心想，就只憑他的音樂天才，就足以快樂一生了，如果與他生活在一起，人生還要求什麼。稍過了一會，丘小笛靜下來，仰頭望向萬里碧空，他在思索。這時，楊其樂美坐在一棵大樹下，撥弄了一下琵琶：「六——三二六——」。丘小笛猛然向音響方向尋找，他直視楊其樂美。楊其樂美又撥弄起來，琵琶奏出〈啞子哭娘〉的曲子，丘小笛一面聽一面揮淚，到琵琶停止，楊其樂美已把臉垂下飲泣。丘小笛呆了一陣，慢慢的把笛湊近嘴唇，先吹了一個音節，暗示要吹他的悲歌，當他吹起時，楊其樂美迅速彈起琵琶與丘小笛合奏。音盡，兩個人竟各在一邊哭泣。哭了一陣，兩人站起來向對方移動，終於兩人面對面的呆望著，楊其樂美還沒來得及開口。「小姐，妳是誰？」從丘小笛口中流了出來。霎時，丘小笛歡喜若狂，接著他說：「天呀！我會說話了，天老爺呀！謝謝您！謝謝天老爺！」驟然間，他想起眼前的姑娘來，莫不她是仙女？

楊其樂美見此情形，登即想到她曾經想到過的事，「要改變丘小笛的命運，除非奇蹟出現。」這不就是奇蹟出現嗎？真怪！

稍過了一陣，丘小笛從興奮中恢復平靜，心中萬分歡喜，尤其也歡喜眼前的、會彈琵琶的姑娘。這時他向其樂美鞠了個躬，說道：「我好興奮，本來我因病變成了啞子，見到小姐，聽了小姐彈的琵琶，歡喜之餘竟恢復了聲音，能講話了，這真是奇蹟。我感謝老天爺，也感謝小姐，感謝！感謝！」

楊其樂美說：「我真為你高興，如果我能再到這裡來，將會帶些書來給你自修。每日亥時，望你能在樓頭吹笛，風順，我都聽得到，我很愛聽！」

「小姐，你家在哪裡，姓什麼、叫什麼名字？」丘小笛沒想到近在眼前的，竟是主人家的千金。

「我家離此不遠，我叫尹芳容，因你作的笛子曲很動人，所以找到這裡來。但我身為女流，我們這裡很不開通，時候不早，我就要告辭了。當然，我希望能再見到你，單憑你的笛子，就值得我冒任何的險來欣賞了。」一說完，楊其樂美把手中的琵琶遞交丘小笛，一邊道：「這把琵琶送給你，想我時，你……」她已再說不下去，回頭就走。

丘小笛恍如在夢中，接過琵琶，張大嘴巴，不知該說什麼，眼睜睜望著她遠去，直至她從視線中消失，他才試撥弄一下琵琶弦「錚！」好清脆！

既然楊其樂美未到私塾，老師便差人到楊進士家一問究竟。進士夫人大為驚恐，急忙把事情告知楊秉仁。楊進士歷來是忠直人，立刻和夫人說：「其樂美早晨曾經問過丘小笛的事。」所謂知女莫如母，其樂美的媽立刻在心中決定了計劃。

其樂美回到家，覺察她媽似有幾分裝作。但第二天一早，她就知道了；她再也不得離開家。從此，她被軟禁，再她怎麼哭鬧，也改變不了「詩禮傳家」的家法，那家法與進士無關，而是掌管在她媽——一位明家婦女之手，她平時尚且指揮著家族中閹豬及驢馬配種生騾子的重任，鄰里都稱讚著，楊大戶家就靠這位能幹婆娘保持不墜，當年楊秀才上省會試，家鄉這條路，就靠她用背籮把秀才揹去的。其樂美哪能違背她媽的教訓，但一想到丘小笛，她就滿腔充斥笛子的動人節奏，想到他的面貌，他的遭遇。於是鼓起勇氣，要求父母把自己許配給丘小笛，她說願跟他一起放牛。

「這是做不到的！」她媽以堅決的口氣告訴她：「我寧可妳死掉，也不讓女兒嫁放牛郎，何況他是買來的漢人，他爹還是乞丐。」

其樂美把心一橫，對她媽說：「那，為兒的只好不孝了。」料不到那為娘的並不因此心軟，斬釘截鐵地答：「那，為娘的就成全妳吧！」到此，其樂美自知已走在絕路上，終於向她父親要求：「如果我有三長兩短，請葬兒於養牛村莊，立塊碑，刻『尹芳容之墓』。楊進士登時開導了女兒幾句，忙找妻子商量挽救。夫人並不理會，還補上一句：「她連楊都不願姓了，還有什麼說的？」

結果，兩母女都勝利了！

做母親的到底還是有母性，把女兒葬在養牛莊，也照其意願，刻「尹芳容之墓」，且雕了一把琵琶的圖形。……

丘小笛自恢復聲音那天起，天天盼望「尹芳容」的影子，每晚亥時，就倚在破樓欄杆吹笛子；每天盼望，每晚吹笛，心中不斷思索，她真的還會來嗎？也許她並不是人而是仙女。他想得有點恍惚，但摸摸那把琵琶可是真的，而且自己在見到她時，高興了講出話來的，怎麼有這樣怪的事！自此，丘小笛就只在附近放牛，坐那天坐的草地，望那天彈琵琶的姑娘坐的樹腳。……

望穿秋水，也見不到什麼。

每晚吹到深夜，月亮自圓而缺，由缺復圓，循環不斷。在悠長的思念的日子裡，他盼望太久，不由得流淚的眼睛似乎快要瞎了。這期間，他為尹芳容作了笛曲〈笛在月明樓〉：

靜夜吹小笛
破樓寂寂無聲息
風順否
笛音送往不知處
妳留下琵琶魂
我笛伴琵琶韻
姑娘何處聽笛
教我夜夜望明月
血隨笛枯
心隨音飄
等到夢中泣醒
等到兩眼將盲

如我心燈熄
小笛留給妳
琵琶隨我滅
妳吹小笛招我魂
人間何其慘
小笛如此悲

〈笛在月明樓〉，比〈啞子哭娘〉悲淒，不管懂不懂音韻，一聽就不由飲泣。曲子終於傳遍金華山區，傳遍劍川、傳遍鶴麗劍，有人說，大雪山聽了也哭泣，雪水暗流，涼透整個熱騰騰的大地。但當人們嚮往作曲人，來找到丘小笛時，他已經變成瞎子。終於當地人打聽清楚了楊其樂美許多年前的事，把詳情告訴他時，丘小笛卻說：「尹芳容還在人間。」像他父親一樣，丘小笛吹到死。後人因〈啞子哭娘〉曲名不夠高雅改為〈清水流〉，至今，白族人還會哼這曲子，至於〈笛在月明樓〉，卻因少有人受得了，也就淹沒了。……

（一九九〇年十一月廿四日）

千丈崖

沿著羅漢崖，那個叫吳來清的完成舊石室的工程後，依然雄心萬丈，續向峭壁千仞、蒼崖萬丈的陡石峰鑿呀鑿的，終於在懸崖之上添了個「慈雲洞」。當然他付出了一生，可沒有人記下究竟他鑿了多少年？

道光年間，茶商楊汝蘭又動員了碧雞山麓幾個村子的石工，花了整整九年，鑿成「雲華洞」。工成之後，那情景是：

豈有奇景非天生？
豈有靈區由人成？
獨傳此洞神工鬼斧獨揮運，
鐫危斫巘，鑿破鐵壁，
遂使混沌生虛明！

「雲華洞」開放前，山邑、西華及蘇家村眾石工的總頭目蘇永銧帶了小兒子及十六歲的女兒登上石洞，有意要催促少數幾個修飾石級的師傅趕早結束。蘇永銧方踏入洞口，裡面已有兩個青年在說話，那正面望得見他的青年聲音洪亮。「是的！這工程果然不錯；但憑這天生羅漢崖，還可以鑿出比這更奇的勝景，可惜我是外地人。」

蘇永銑用手擋住後面跟著的兒女，想多聽聽那人高論。但倒背著的青年發覺後面有人，轉過頭來，一眼望見蘇永銑，趕忙叫了聲：「舅父！」接著，蘇美叫了聲：「大表哥！」

這時，剛講完話的外地人與蘇美視線相接，彼此心裡都有些驚奇，好生面善。被稱為「大表哥」的雷濤看在眼裡，忙對他舅父說：「他是我朋友高藝，有意來觀看這裡的鑿石工程的，他們是湖北石雕世家，功夫了得！」

蘇美趁她父親專心聽話之際，好好的瞧向高藝。霎時之間，高藝一臉通紅，但態度從容，也好好的欣賞了大姑娘幾眼，然後低下了頭沉思。蘇永銑聽完雷濤的介紹，思量著更遠的事，嘴裡說：「外地人，那麼還要回去的囉？」

雷濤望向高藝，期待他有個表示。沒料到高藝很堅定說了聲：「我是不能回湖北的了……」

蘇美冰雪聰明，她非常清楚，高藝的話是說給她聽的，是為她而說的；她再微笑著望給高藝一眼。高藝當然會意。兩起人臨別時，蘇美對雷濤說：「表嫂整鱔魚米線時，叫我一聲。」

歸途間，雷濤和高藝說：「我表妹的樣子和你多像。」高藝答：「豈只樣子相像；雷兄你明白我的意思了嗎？」

「豈只明白？要問你的是『我表妹蘇美的意思你明白了沒有？』我，麻煩來了。」

「我當然明白。」高藝答後，非常認真的對雷濤道：「請受小弟一拜！」說時跪將下去，拜了深深的一拜！並說：「從此之後你是我兄長了。」

事隔三天，雷濤家做鱔魚米線。

蘇美帶著她弟弟小寶來到雷家，方一進門也就見到了高藝。彼此又看得定定的，四隻眼睛交投，好一會不說話。稍過了一下，高藝說：「我已拜雷濤為兄長，也稱妳『表妹』好嗎？」

蘇美甜甜的答道：「你想怎麼叫都好；你既回不去了，我還有什麼說的？你不看看，我三天來沒睡著過？」

「我擔心，妳的雙親會不會接納我？但是，無論如何，此生，我定奪了。」高藝語氣堅定，說後呆呆的望著蘇美。

蘇美道：「人，只有一顆心；你看那睡美人山，為了愛情她將躺個永恆。」

「我聽過這個故事，迴腸蕩氣，太傷感了；然而很美很美。」高藝趕快轉換話題，說：「昆明不但風景好，人情也好。鱔魚米線想必也是美味。」

蘇美望著高藝，愈望愈覺合心，接口道：「豈只味美！以後牽腸掛肚的日子才有味了。我父親歷來對鑿石工程很喜歡；高藝哥哥，用鑿石的能耐，是否可以說，天下無難事？」

「謝謝妳的鼓勵；我願鑿穿羅漢崖，我願喚醒躺了千萬年的睡美人山。」高藝說著，內心中一種愛的激動使他兩眼閃出淚花。

這時，蘇美的小弟叫將起來：「真不害羞，這兩個人彼此看得呆呆的，那位哥哥臉上還有兩串貓尿。」

蘇美轉身望了她弟弟一眼，懇求他別管太多。屋裡傳出的，是雷濤的叫聲：「快進來呀！來幫忙擺桌子碗筷。」

鱔魚米線擺出，紅的辣椒，綠的薄荷，白的大蒜；花綠綠，油汪汪，香噴噴。高藝望了一輪，說：「啊呀！還沒吃我就流口水了。」剛自廚房走出的雷表嫂接道：「湖北人喲，你流口水的日子還在後頭！」此話一出，蘇美一臉通紅，望了高藝一眼，醜了她表嫂一眼。不醜也還罷了，醜了之後，那雷表嫂興頭更好，說：「湖北人喲，這兒蘇家莊的兒子們，誰個不默著我們表妹！望得見拿不著才慘囉！」

蘇美那還敢針鋒相對，和高藝說道：「要吃我表嫂整的鱔魚米線，不但要先不說話，吃了還得認真洗洗耳朵。」

雷濤爽朗的笑迅速改變了氣氛，接著他透露，雲華洞要來一次盛大的開放會，聽說雲貴總督也要親來，我舅父勢將擔當重任，但我憂慮因達官貴人之來，會使這地方風氣敗壞。

「這就真的是『杞人憂天』了！」那位做鱔魚米線的巧手說了這麼一句。之後「唏哩呼嚕」大家吃起米線來。高藝因不能吃辣，又是吸嘴又是流汗。雷表嫂看在眼裡，又有話說，「要做雲南人，得先學學吃辣子。」

雷濤接道：「雲南人也未必個個會吃辣子；四川湖南人比我們還會吃；高藝是湖北人，不會吃辣子並不稀奇。」

在吃的這段時間，蘇美與高藝一再的眼睛絞在一起，彼此都非常受用，心有靈犀，不必說已心心相許。

雲華洞終於選擇三月三日開放。

「三月三日，披被單。」為什麼會選擇這個日子，據蘇永銑說，是安寧縣知事定的；安寧縣知事是滿洲族人，他說的話，一般都不能更改。蘇美曾問他爹，這縣知事叫什麼名字？他官不是高，怎麼來管昆明的事？

蘇村長嘆了一口氣，對女兒說：「安寧縣知事官雖不高，因為他是滿州貴族，總督總兵都敬他三分。這個叫金定玉的，聽說家財萬貫，但膝下猶虛，五十歲了尚無一男半女。」蘇美卻說，他沒有後，活該！

三月三，整個西山裝點得喜氣洋洋。

上午十點正，主持雲華洞的開放禮的並非雲貴總督岑大人，而正是安寧縣知事金定玉，人們也稱「金大人」。

金大人主持了典禮，細細的觀看了雲華洞各處一陣，轉頭對蘇村長說：「工程很是要得，你領導下的雕刻師及眾石工們，真是能幹。但這羅漢崖，看起來，還再可以雕些工程的。」蘇永銑登時就想起那湖北夥子，答道：「有個叫高藝的青年雕師，有和大人一般的看法。」說後便轉頭尋找，他知道雷濤約了他來的。金大人問：「這個人在此嗎?喚他來給我一見。」

不一會，高藝和雷濤，還有一小群男女，其中也有蘇美從人叢中擠上前來。蘇永銑很高興的，叫：「高藝過來！」高藝走近蘇村長，登時見金大人的眼光向他射來。此時蘇永銑和高藝說：「向金大人行禮。」高藝把頭低下，彎腰深深行禮。金大人分外的喜歡這青年的從容，不卑不亢態度，問道：「你是否懂得石雕？」

「懂的！小的是湖北石雕世家；近期京城若干漢白玉的工程皆由家父及小的合力完成。」金大人微微點頭，問道：「以你的看法，這羅漢崖是否還可以雕出比雲華洞更精巧、更驚人的工程來？」

「可以的。這羅漢崖，上吞悠悠無際之長空，下臨百丈不測之深碧。還大可以鑿；可以鑿出連雲駕飛蹬，懸空臨海潮的工程。」高藝的話使安寧縣知事大感興趣，心中很是佩服。於是說道：「我急於要你顯點本事，你願不願意？」而就在高藝表示願意時，金大人轉頭問蘇村長，能否找個鐵鎚及一支鑽子？」蘇村長即時高聲喚：「阿弄東!阿弄東!」

一會兒阿弄東氣喘著跑來，腰間插著鑿石工具。高藝見此情形，從阿弄東腰間抽出鐵鎚和鑽子，然後對金大人說，我隨便鑿幾個陰字。待金大人點頭同意，高藝眼睛一瞄，見石壁一處空間稍平滑，便舉起手鑿將起來，轉瞬間石壁上出現個「天」字，雖是陰體，卻像凸出來似的，眾人都以驚奇的眼光望著高藝；高藝集精匯神繼續鑿他的。不多時，壁上出現「天空浩蕩來」五個齊整的字。此時蘇美偷偷望向金大人，想知道他的高興程度，恰巧金大人的注意力移過來，閃電的眼光瞧著蘇美，正在因意中人的雕鑿神技而心喜若狂的蘇美，見金大人面容慈祥，彎身行了個萬福。金大人即刻與另一位紳士說什麼，那位紳士望了蘇美一眼，又和金大人耳語幾句。

金大人方才的活動，蘇永銑似有覺察，但他傾全力注意的事是金大人對高藝的考驗，他預料這特別的縣知事，定有什麼工程計劃。做官的看看小姑娘，是平常的事。

高藝鑿好五個有永恆性的字，想著蘇美在場親眼見到，雖三月天流一身汗，心中卻喜悅萬狀。蘇美也呆呆的望著他，在場的人都讚美這位外地人。當然，眾人都在等待金大人，看他要作何表示。

金大人這時咳了一聲嗽，清一清喉，然後很響亮的對高藝說：「萬分要得！我準備建議，繼續鑿羅漢崖，務須有比雲華洞本身更艱巨更高超的工程。雲南西山的風景就更加令人留戀了。高藝，我願先向你祝賀，你今後的努力，足以使你名垂青史！」

蘇村長預料的果然不差，這時他膽壯的和高藝說：「湖北人，你得一輩子住在雲南了！」此話是說給金大人聽的，希望他把事情更肯定些。不料金大人卻說：「我來自瀋陽，在雲南已將近十年，雲南是好地方，湖北離此實在說很近很近。要怎麼鑿你就計劃，此事沒有任何問題，計劃好你便擇期開工；開工時如需我來助陣，只要時間許可，我定來致賀。」

高藝似乎還想說句什麼話，金大人卻交代左右準備下山，因此，高藝只好不開口。

歸途間，蘇美問高藝：「見你好像要和那金大人講什麼又忍下來？」

高藝答：「不是忍下來，我見他急著要打道回府，所以不講。你知道我要和他講什麼嗎？我原是想和他說，就在我們訂婚之日開工，請他主持我的文定納采禮和開工儀式。」說後他望向蘇美，想看看反應。

蘇美「嘻」的笑起來，問：「你和誰文定納采？」

「那還用說，遠在天邊，近在眼前。」高藝此時既緊張又認真，心裡其實也還欠缺肯定的把握。

蘇美沈吟了一下，對高藝道：「坦白說，我從第一天見到你，便願以身相許了，但關於我的終身大事，仍得聽我爹的主意！只不過，他多半會隨我的，我打算找個機會把我兩人彼此歡喜的事告訴他。至於訂婚不訂婚，什麼文定納采，都不過是表面的事。四月初二就是我的生日。」說到這裡，蘇美從手上脫下戒指，輕輕的一撥為二，再把一只戴回，遞一只給高藝，嘴裡說：「這是一只玉雙戒，可以一分為二變為兩只，你戴上吧！它就代表我的心。」

高藝已經接在手，仔細的看了一下，說：「這是龍鳳玉戒，雕琢功夫很了不起，妳怎能把這麼貴重的東西給我？」

蘇美道：「你試戴小指，看戴得進嗎？」

高藝一戴，便套的剛好，蘇美接著說：「高藝哥，還講什麼你我？從今以後，我無時不在你身邊，天長地久……」他不知還該說什麼，心跳得厲害，臉有些熱，一路走著下坡路，過著有桃花的地方，高藝心中，立刻想起「人面桃花相映紅」。與此同時，他從褲帶上解下一個小布袋，遞給蘇美，嘴裡說：「這裡面是一小尊漢白玉雕的釋迦牟尼佛，是我祖父的手藝。當今的雕刻師無一個能製作出這麼完整的東西，妳收下，讓它保佑我倆；我，自見妳那天，就已知道必須留在雲南了。此生，除了妳，我是不會喜歡任何別的姑娘的。」

倆人對望了一下。蘇美道：「我們已經訂婚，羅漢崖與那邊的美人山作證。」

高藝流著興奮的淚，他望向睡美人山，然後抬起頭仰望碧空，又轉頭對蘇美說：「雖倉促一點，我決定就在四月初二開工，在妳的生日開工，我的每一分鐘都為妳敲，每一鑽都為妳鑿……」

「那金大人說的，你今後的努力，足以使你名垂青史！」蘇美覺得自己十分幸福，眼前的高藝，一轉眼就將成鼎鼎大名的人物。雖然說雲華洞鑿了整整九年，九年算什麼？

走下西山，他們才分手。同時走下雲華洞的人前前後後，誰也沒注意到有一雙男女在絕壁干雲的鳥道上，山盟海誓訂了婚。

三月十三，離雲華洞開放典禮方十天，昆明總兵，雲南鎮守使等大官率領著大隊人馬，馱著和挑著很多東西到了蘇家村。向蘇村長賀喜，御下很多禮物。蘇永銑起先是嚇著，稍後是不知如何應對；那雲南鎮守使先向他說了一聲恭喜後，就轉達了安寧縣知事金定玉的意思，要討他女兒蘇美去做如夫人。

全村緊張極了！蘇永銑也立刻成了人人羨慕的人。金大人成了村長的女婿，小美將飛上枝頭。……

廿九號就要過娶。

當天晚上，蘇美哭得死去活來。

安寧縣知事金大人要娶蘇美為如夫人，一般上看來，是蘇家高攀了。但著算不想高攀，卻也無法反對。金大人殺雞用牛刀，故意驚動昆明總兵及雲南鎮守使，其意就在要蘇村長乖乖同意。

蘇美原也是可以折中的姑娘，哭夠之後，想想自己的爹媽及小弟，也想到金大人的慈祥相貌，一死了之的念頭是沒有了。但，好可憐的高藝；為了高藝，他能無信無義嗎？只不過要講信講義，就只有一死了之，而一死了之帶給他爹媽的結局又怎樣呢？

蘇永銑很快理解到事態的嚴重，他採取的斷然手段是絕不讓女兒再與高藝見面。蘇美作垂死掙扎，毫無用處。在絕望中，她取得的勝利只限於她爹同意讓他捎一封信給高藝。

三月廿九，蘇美嫁了。

四月初二，高藝開工鑿石。開工禮並不怎麼隆重，他心中痛苦的是不見蘇美蹤影。當燃好香燭時，雷濤才趕到，他把一封信交給高藝。高藝拆開展讀，寫的是：

偉大皆從痛苦產生，
此生我只愛你。
想我時，
看那睡美人，
為尋海菜花的他，
她睡個永恆。
無論蘇美死與生，
我都望向羅漢崖。
每鑽為我鑿，
每錘為我敲。

高藝看後，淚如泉湧，一時間像瘋了一般。兩手抓著雷濤的雙肩搖動，大聲問：「雷哥！蘇美究竟發生了什麼事？告訴我呀！雷哥！」雷濤當然知道自三月三日以來的諸種演變，他深深的同情高藝，但卻無以為助。

雷濤也開始流淚。但有力的對高藝說：「堂堂男子漢，不該為痛苦所擊倒。化痛苦為力量！我深知蘇美愛你，可是天不從人願。你應該堅強，完成你的志願。」

高藝居然痛哭起來，倏然望向崖子下面，似乎要縱身跳下。雷濤眼快手快，一把抱住，然後朝高藝臉上重重的打了一巴掌，罵道：「不中用的東西，居然行短見；你知道你的責任多麼重大！這羅漢崖就靠你賦予它生命，我表妹之所以愛你，是信你將流芳百世……」

高藝挨了一巴掌，當即清醒過來，對雷濤道：「雷哥！我都聽你了。」

就從那天起，高藝傾全部精力貫注於鑿羅漢崖，他指揮著很多石工，他們依照他的指點工作。從那天起，高藝再不下山，在崖子上吃，在石洞中睡，他變了一個人，除了鑿石，與石為伴，什麼都不管。休息時，就仰頭看天，低頭望五百里滇池，但從來沒有笑容。

時間一天一天過去。一月一月過去，一年一年過去，雲華洞再往上爬，新的景象漸漸的呈現，在在使人驚嘆。整整過去廿六個年頭，羅漢崖高處，龍門進去，從左邊一望，那情景是：

絕壁千雲鳥道通，
下臨無地瞰滇中，
城頭萬灶高低霧，
湖面千帆來往風。

同時有人讚道：

萬鑽千椎顯巨才，
懸崖陡處辟仙台。
何須佛洞天生就，
直賽龍門禹鑿開。

龍門進去是「達天閣」，壁上盡是摩崖刻石、浮雕和石像，有老君坐像和雲致仙鶴，還有「陰騭文」、「覺世經」刻石等。雲貴總督題了「天臨海境」，也刻在懸空石壁高處。最突出的，是就原石雕的三尊石像，左邊是文昌帝君，右邊是關二爺，中間是魁星點斗。少數的人見到這番境象，都咄咄稱奇。

在將滿二十六年時，高藝非常專心地在雕傾著身子的魁星的若干重要部分，一隻腳向後蹺，腳掌抬著一個斗，一隻手拿著筆。高藝把向後蹺的腳和提著筆的手留在最後細心雕刻，整個魁星已經是栩栩如生。

最後這兩年來，高藝已經老得像六十許人，其實他才四十多歲，顯得老像的原因是他鬍鬚滿腮。進入第二十七年，高藝小心的雕魁星手中那管筆，連呼吸都得小心，那管筆是他最後的手藝。那管筆一旦雕好，整個達天閣就完整的雕鑿成了。

他這些日子，隨時會想到蘇美，想到蘇美時，便親一親蘇美給他的戒指。二十七年來，這只玉戒不是戴在手指上，而是用一條細麻繩繫在頸上，懸在他的心上。他環顧「達天閣」的精雕，心中非常高興，他同時想到，要非雷濤一巴掌將自己打醒，怎能有此成績，如果蘇美眼見到這些工程，將會多麼驕傲和歡喜！二十七年以來，我每鑽為她鑿，每一鎚為她敲，算是已付出畢生精力。

這管筆必須細心的雕，稍一用力不巧，便會全功盡棄；二十七年的最高表現，就在魁星手中這管筆。三月底開始，高藝優閒的檢閱所有成績，留下僅有的、那管魁星筆的最後雕刻，那最後的功夫幾乎真的是鬼斧神工方能奏效，他有成竹在胸的把握，存心留在四月初二完成；四月初二是蘇美的生日。想到蘇美，高藝輕輕的嘆了一口氣，然後看看近些日子以來，那些會舞文弄墨的高官的題字——

這邊是：

俯視已屏削，
仰看仍壁陡。
障日石倒垂，
逆雲崖卻走。

憩直淡煙波，
嘯歌凌牛斗。

那邊是：

雲髻高梳碧落天，
半規明月似初弦。
就中色相皆空有，
惟見昆明一點煙。

高藝已經明白，他在這羅漢崖上已經留下足以稱得上垂青史的手藝。但，這值得什麼？他望向達天閣前面，是蒼茫水天闊，是下臨無際崖。他再遠望，隱約生寒煙，長空斷鳥飛；空際俯汪洋，滿目碧不了。浪翻萬頃天，光搖百丈島。還是，還是那睡美人，她為了愛情，睡個千秋永恆。那睡美人山，她的愛人為了她而一去不返，致令她的愛成為美談，海菜花播下千古不散的芬芳……

四月初二一早，高藝向萬里碧空叩了二個頭，回頭踱到魁星前仔細端詳，口裡說：「就只把筆顯露出來，更尖，就像手裡握著一管真筆。魁星爺爺，望您保佑。」之後，他開始雕，用盡全部精神，精巧的腕力及眼力。

風很涼，他卻一身汗。就快好了！這時他就快好了！這時他抑制著興奮，屏著呼吸，耳朵彷彿聽得到自己心臟的跳動。

高藝集中精神雕那管筆，「的！」「的！」「的！」均勻而在萬寂中添節奏。

「嘎！」一聲，一隻烏鴉衝飛了來，一團黑影帶著急風，擦過高藝右耳沿，高藝一怔，鐵槌末打在鑽子上，敲斷了魁星手中那管筆。高藝一聲嘆息，全身像火般燒，他心也跟著碎了。這一瞬間，高藝把脖子上繫著的玉戒子含在口裡，衝向石欄，往崖子外一縱。

眼見高藝縱下羅漢崖的幾個石工，幾乎連驚叫都來不及，大家望向羅漢崖下，一代雕刻師已粉身碎骨。……

（一九九〇年十月十六日）

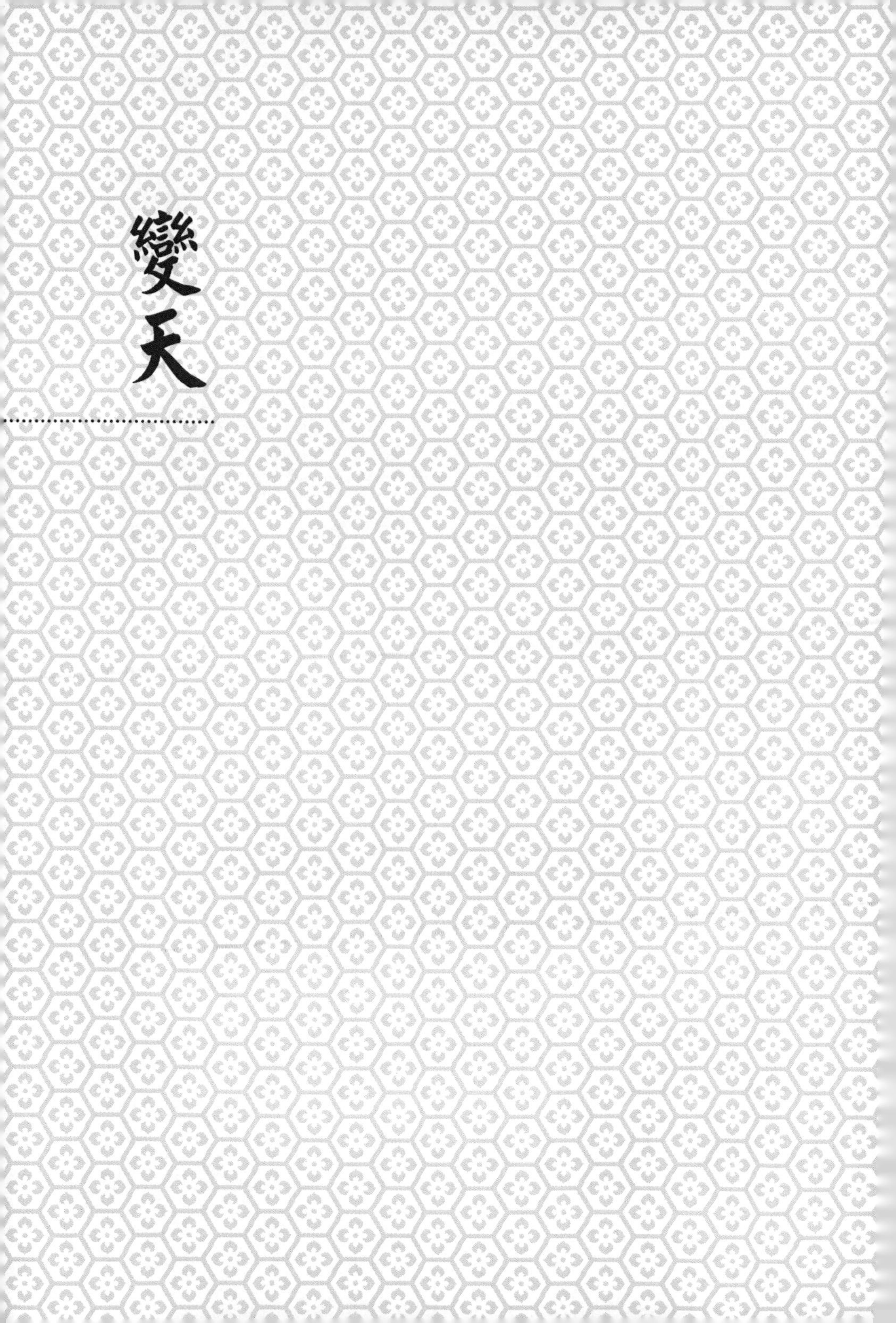

變天

淨空大和尚為劉小熊主持剃渡的事，居然在村中流出頗為奇怪的緋聞。但淨空是有道高僧，任何傳聞都會靜止下來；還有人說，淨空觸及的事，往往壞事會變成好事……

淨空和尚是順蒲村小普陀寺的住持，他在此出家已廿五年。一生要為村中盡力，深獲村中人敬仰。順蒲村有千多戶人家，歷來平靜無事，也豐衣足食，官方只派了一名實際並不管事的督察，地方上的事都由以頌寬為首的一個非正式的委員會處理。

頌寬是本村最大地主的繼承人，英國留學生。據說是哲學博士；他沒有妻子，都說他早年失過戀，所以終身不娶，一天就只抽著煙斗，維持著紳士風度。其他委員是開藥店的黃醫生、小普陀寺附近的富婆豐、電火及自來水的代理人，還有在村中廣受歡迎的黃大嬸；她以做豆腐賣維持生計，有主張、講道理，對公益事肯出錢；面貌、身材都上乘，只右腳短小寸許，走起路來明顯是個跛腳女人，因此有人暗地裡稱她跛嬸或豆腐嬸。她自己姓柳名青青，四十出頭年紀，廿歲時結婚不久，丈夫就患絕症死了。他是位很有學問的教書先生，叫黃開誠。柳青青受他影響很大，因此知禮義，懂生活享受。但不知為什麼，沒人稱她黃太；那位英國紳士直呼她柳青青，淨空和尚則叫她「柳」。說實在話，豆腐嬸風韻猶存，若非她端莊嚴肅，帶有些神聖不可侵犯的氣質，那就難以應付村內外的狂蜂浪蝶了。

方剃渡的劉小熊就是豆腐嬸的兒子。很少人追問柳青青的丈夫姓氏，為什麼兒子姓劉？大家都不管閒事。原來劉小熊是黃開誠的好友劉鏡泉與熊芳的兒子。黃開誠去世後，劉熊夫婦與柳青青情如家人，不久劉鏡泉因車禍喪生，臨斷氣時和熊芳說，如生男務必取名小熊。熊芳生小熊時全靠柳青青幫忙，她們親如姐妹。

小熊生下來就非常可愛，但非常不幸，熊芳患了乳癌，小熊只得吃奶瓶。才一歲，熊芳命終時把小熊交託柳青青哺養，求她務必不要改變劉小熊的姓名，這是小熊他爹的願望。

豆腐嬸廿一歲時接過小熊，視如己出。當然村中人都明白小熊是豆腐嬸的螟蛉子，但時間久了，一般人就不記這些，只羨慕跛腳女人身邊有個非常可愛的兒子。

躺在媽媽懷抱裡抱著奶瓶的小熊，眼睛望著媽媽的臉，那是他最愛的天空；他熟習媽媽的音容笑貌，她的愛和她的體香。柳青青指揮著兩個鄰村女工製作豆腐雖然辛苦，但小熊活潑可愛，算是她的安慰與快樂，她傾心盡力愛著人見人愛的小熊，她為好友哺養遺孤充實了生命的意義，她多半都不想這並不是自己的兒子，反而為小熊難過，他長大時也許會有心理上的煩惱。

五歲六歲，一直到十二歲村中小學畢業，小熊時常抱緊媽媽，用鼻孔聞媽媽的味道。他非常聰明，隨時幫媽媽做事。他快就要與媽媽一樣高時，也照樣摟抱他深深愛著的媽媽。但發現媽媽已不讓他太親近；柳青青固然很愛她從小抱大的兒子，但異性的熱力逼使她開始設限。小熊的接近成熟也使她歡喜，眼見再一兩年後他將非常英俊，也必然會有女孩子愛上他，到時她也許會失去兒子。想到可能就將會發生的事，她會覺得不安，又曾不經意地想到小熊似乎有些戀母狂，她從他的眼神中，從他一舉一動中，發現小熊處處謹慎，小心注意，像在對戀人一般討她歡喜，她覺得好笑，也許是自己想錯，畢竟還是孩子啊！難道是我自己對異性的敏感？她想，也許所有的男孩子都這樣。

十三歲起小熊須到鄰村念初中。這時柳青青另闢一室給小熊為臥房。這以前，小熊一直和她睡，他要拉著她的手或者衣服，或者手袖才能睡熟。另居一室臨睡前，柳青青總要走來看一看，摸摸兒子的臉；小熊則趁機拉著媽媽的手，拉到嘴邊親一親，然後道晚安，目送他整個心靈和全部情感愛著的媽媽離去。

每天早晨他都要送媽媽到噠叻，然後才走往鄰村讀書。放學回家後，見了媽媽他才心安理得，覺得非常快樂；他像小狗守候主人一樣守候著他的媽媽，有什麼高興的事要說時，他把手搭在她肩上，甚至兩手摟著她的脖子，非常喜悅的望著媽媽的臉說個夠。他有時會非常興奮的說：「媽媽，我好愛您好愛您！有時我想我最好不要長大，我要永遠跟著您；有時我又希望趕快長大，做事當家，媽媽不必辛苦，不必自己去賣豆腐。」柳青青完全知道小熊純潔的愛的情感，她更知道他所渴望的是什麼，而親親兒子的臉，也讓兒子親親自己的臉。這時她感覺得出來，小熊有些兒貪婪，之後非常興奮；之後會羞答答的，忽兒像狗一般跑遠了，但又回過頭盯著呆看她，他那麼滿足他的生命。

對這些，柳青青曾一再冷靜的思索過，也曾在克制著的冷靜中突然掙脫克制而無法冷靜。

乍然間想到小熊正在長大，那麼她將面臨著與一個不是自己親生的兒子，一個與生俱來就帶著魅力的異性相處，將如何面對？是否趕快為他物色一個媳婦？自己真該那樣做嗎？難道自己不能依舊又嚴肅又溫柔的以母親的愛、愛兒子的愛繼續過下去嗎？思索到這些似近又遠而可能就要面對的生命與情感的困擾時，她又會責備自己，是不是神經有問題，為何要預想到本不該想而也許就不會發生或不存在的問題？當然，內心深處又等於在某種痛苦中煎熬而必須若無其事，這是一般年輕寡婦必須承擔的煩惱嗎？可是自己所面對的並不僅僅是這麼單純的困擾，更大的因素還在正在長大的兒子身上；他不單是正在長大，而是他的感情也正日愈縮攏關愛著她自己的現實，他對頌寬一類人到家來小坐一下也感到很不自在，甚至佛日又正好是週末早晨，淨空來化緣時，站在門外說話的時候超乎尋常的久一點，小熊事後也要兜圈子表示抗議。事實上，村中人都知道淨空和尚特別看得起跛腳嬸，又都記得現年五十八歲的淨空和尚曾說過，他六十法壽就還俗，旦無論如何，村中有識的男女都非常尊敬豆腐嬸，佩服她和喜歡她，羡慕她一個寡婦人家頭抬得高高的，行得正坐得穩，因此彼此在耳語中也無半句敢對柳青青不敬；最多是談論一兩年後她的兒子小熊就將是村中所有女孩追求的對象，村中許多有姑娘的人家，好像已經開始對豆腐嬸表示好感。

小熊到鄰村念中學，日復一日，年復一年。很快，這個英俊的青年就不僅受到本村人的另眼相看，鄰村比較浪漫大膽的女孩有時竟追到本村來了。然而，另一種傳聞又在村中甚囂塵上了，說小熊可能心理不正常，因他對異性不感興趣，對異性避之惟恐不及，在家裡，除了必要的功課他在心之外，小熊總伺候著他的媽媽，與從前不同的是，他貪婪的望著媽媽的眼睛。

柳青青和他面對講話時，他和顏悅色，極之興奮，而當他看向他母親時近乎呆了一般，瞬即力持鎮定，當他像以往和他媽媽手拉著手時，他的手很熱，甚至有些微的發抖，在這種情況之下，柳青青非常清楚兒子是在一種什麼情況之中，她此時唯一能做的是竭盡所能的鎮靜，而且裝作並未發覺他的異狀，以維持著他的自尊心。與此同時，柳青青也隨時覺察到自己真實的內心感受，只是又自我壓抑，遙遠的希望著有一條能繼續平靜地與兒子相處的幸福道路。她自知無此可能，除非能橫下心來捨棄二十年的母子之情，相等於推小熊於絕望之谷，也等於摧毀自己生之樂的無情。這，她做不到，她的情愛已經徘徊於面臨千仞深淵的山巔之上，稍一放任就將墜落無底的地獄或者天堂……

每天夜晚，小熊像口音不很清爽的說了「晚安」，非常遲慢的離去後，柳青青在夜靜更深之際醒來時，常常為夢裡的荒唐與浪漫感到羞愧，此時她心中屹立著的是一個英俊的男子漢，他曾經在她夢裡與黃開誠混為一體，很自然的，朦朧之中二人混為一體。她很害怕，但也非常可惜那種既糊塗又浪漫的夢這麼容易破碎；只有夢才會這麼荒唐、糊塗和浪漫，她無地自容，但這是一個有趣的秘密，很刺激，萬分浪漫。

她每天愉快度日，村中人那麼喜歡她和尊重她，開藥店的黃醫生照舊常帶著他女兒來家走一趟，其目的是希望豆腐嬸會喜歡他的女兒，但小熊一見黃家父女來訪就推故離開。柳青青曾以黃醫生的女兒向兒子試探，這一試探使她陷入不知如何是好和說不出來的困擾之中。小熊很小心的，帶著無法克制的激情語氣向他媽媽說：「親愛的媽媽，『媽媽』在小熊腦裡只是一個名字，我此生只愛媽媽，我要守候您一生，除非您不要我，但是您怎麼會不要我呢？我作為一個兒子，難道不能愛我的媽媽嗎？我要伺候您一生，如果有來生，我也要愛您和守護您。我此生絕不會接受任何異性，除了媽媽，都非小熊生的寄託，媽媽把小熊從襁褓中抱大，小熊一直躺在您的懷中長大，一直以來，我的心都躺在您溫暖的懷中，您的笑貌不但是我白晝的天空，也是我夢裡的天空，是我生命的天空……」

一面說一面流淚，稍停了一下，他擦乾眼淚進入睡房關起門來，這使柳青青陷入苦思的海洋。

柳青青早就多少次從夢中驚醒過來，這次是從清醒中墜入情愛的夢裡。自此，她照樣溫柔兼嚴肅對待兒子，小熊除了很少說話外，顯然在克制著奔放的情感乃至有些羞愧，但他照樣謹慎地守護著他的媽媽，母子之間好像添了一層障礙，也像添了一層天賜的無以抵抗的甜蜜，不需要溝通但卻通了，戰戰兢兢的通了；又好像帶著罪惡感漸漸走向未知的天地。很多時候，他的亢奮衝動使他忘記畏懼，他的心中和眼裡只有一個形象，從小他摸著、摟著、望著的形象，他深愛著的，溫柔、無底的香和神聖崇高的形象，他要完完全全的守候，他活在一個又空又實的美夢中……

豆腐嬸家兩母子心裡和情感的變化，沒有人知道。柳青青照樣賣豆腐，小熊照樣一早幫媽媽把擺賣的東西搬到嗟叻；然後到鄰村求學。淨空和尚每逢佛日都要走訪好幾條小巷化緣，也曾一而再的在佛寺大廳召集過並非什麼人委派的委員會。淨空還幽默的問頌寬，博士真的要一生不娶嗎？而每當那位電火和自來水代理人走到會場時，豐總指著他鼻子罵：「為什麼時至今日還要不時停電，每停要好幾個小時才修復？」那位名叫烏弟的先生照例說機器舊了，除非政府來換新機器，才有不停電的希望。他還說停停電有什麼不好？要不然雜貨店的電土及燭條就沒人買了。而豐每見柳青青，總要說聲妳怎麼不會老？豆腐嬸更會灌迷湯，答道連腳走路都成問題還說不老。一陣笑聲之後，頌寬竟又慢吞吞的說道：「這村中有顆最明亮的星星，它只跟在柳青青的身邊，村裡眾多漂亮姑娘都要看柳老闆的臉色，妳真是前世修來。」這話最合淨空和尚的心，他無論什麼事都要與緣份拉在一起，他心裡也在想著自己與柳有些緣份，無論多麼遙遠，那怕是來世。有的人把愛藏得很深；以致根本不浮出來；有的人相信愛只是一瞬間的美感，捕捉不到，又或是捕捉到了並不是那麼回事，甚至是徹底的失望，是痛苦，是自作自受的孽緣，愛只在偶然之間和短暫的存在。

近些時來，劉小熊和他媽媽說話類乎帶著罪懺，同時在猜測在他來說乃是神聖不可侵犯的菩薩，也是他致力壟斷的一個女人；那個女人牽動著他的整個情緒和心靈。他怕她會驟然採取甩開他的行動，他小心翼翼的注視著媽媽的眼神和語氣。而在夜裡，他會忘記一切理性的思維，他衝動的想著異性的身體；入夢之後，他就擺脫了理智的束縛，他摟抱著的，吻著的就是他愛著的那個形體，那種他從小習慣了的體香，那個面容，那副慈祥，那雙無限深遠美麗的眼睛。當從這種浪漫的，幾乎是只變了環境；他所親近到的無論是什麼人，包括幫製作豆腐的鄰村年輕女子，結局時都是他愛著的媽媽。因而在漫漫長夜裡，他都祈求走入夢境，很怕醒來夢斷。

漸漸的他憂慮起來，也想著已經面對的所愛著的女人竟是養大他的媽媽，這類乎是相當殘酷的現實，這之間的鎖鍊恐非他單獨的力量所能掙脫，無論深或淺，他好像已在一齣愛的悲劇邊緣，他像一隻蜜蜂緊抱著一團花粉，離不開，只有得到的衝動，不懼關山阻隔，死亡已不重要，愛和得到、占有才是他活著的意義……

柳青青盡力維持著嚴肅，透過溫柔的母愛；把小熊固定在從小以來的位置，她同時也在動搖，那是一個男人，散發著光與熱的男人，任何女人見了都不能不動心的男人，這個男人在她面前，在她周圍顯示出守護者的謹慎，其間閃動著火般的愛。

這就是我養大的兒子，柳青青內心有不尋常的衝動，以致預感到一種莫名其妙的可怕；是我自己有什麼不對嗎？柳青青在懷疑自己，也在責備甚至鄙視自己。終於，或者暫時她只有盡一切可能維持著歷來的、一定距離的母子的愛。無論如何，夢裡的浪漫像鬼一般會出現在她的思緒中，這使她意亂心煩。然而她告訴自己，我必須永遠是母親，是小熊的媽媽。可是緊接著這種自我警告、立誓般的思緒之後，她瞬即想到黃開誠和她肌膚之親時的情境，男女之間的相愛著時的如饑似渴的需要；小熊的身影立即像鬼魔般，闖入她想力爭上游的心中。於是，她趕快找家裡的任何事情轉移，甚至唸經……

世上不管什麼喜樂、痛苦和悲傷，都不會靜止不動。劉小熊在鄰村讀完高中，形勢所迫，就必須到離小村更遠的省的直轄市去考大學。柳青青類乎將如釋重負，但也增添了無以名之的憂慮；即將面對的空虛寂寞，乃至兒子或將從此遠離，甚至淡忘了他原是割捨不掉的深情、愛和依戀，不可想像的未來的日子。

柳青青暗自在心裡斬釘截鐵，趁此從面臨的不可預知的困擾深淵中救出小熊，也是挽救已經站立在一個男性魅力的光與熱的火山邊緣的自己，村中所有人尊敬和喜歡的豆腐嬸。

淨空和尚、頌寬博士都在為柳青青祝福，肯定她的兒子小熊定必考上大學。頌寬還寫了介紹信，俾小熊今後在直轄市有妥善住宿。

小熊在想，我非考大學不可嗎？

柳青青對兒子說，這將是媽媽一生的指望。

小熊臨行前夕，曾很認真和他媽媽說，我不想讀大學，只想繼承家中的豆腐業；我離不開您，要守護著您……

小熊，你必須去考大學，沒有商量餘地。

二〇〇一年五月廿一日一早，小熊啟程乘車去直轄市。柳青青的心形如被整個取出來，她需要徹底的靜下來，認真的思考，當小熊不在身邊時如何打發日子？她準備去小普陀寺，向淨空和尚請益以安下心來。所以在小熊動身之後，她停工四天，給最近唯一的一個女幫手三天假期，讓她回鄉與父母團聚，還送給一些豆腐乾及充分的用費，告訴她廿三日回來，並且囑託她再找兩個性情好的年輕女子，一起來也行，過幾天她們自己來也行。

廿一日早晨小熊走後，女幫手也提著用品什麼的回鄰村去了。之後柳青青把停業四天的簡單字條貼在賣豆腐處，還告訴鄰攤停四天的理由，有人還恭賀她兒子去考大學，一定金榜題名。豆腐嬸照樣笑瞇瞇的，客氣一番，心裡的煩亂，自然沒有人看得出來。

小普陀寺裡，柳青青靜聽淨心和尚說法，和尚已知小熊到直轄市考大學，他衷心為柳高興，而他遠遠看得出，這個女信徒心裡不很平靜。在淨心和尚心中，柳青青在佛經中說的「般若」境界很不平凡，無論她有什麼問題，他都願盡力幫忙。瞇著眼講經之際，他多次望向柳青青而都被對方發現，這個聰明豐滿的女人自然看穿了淨空的深謀遠慮，然而她也明白，淨空和尚不是一般凡夫俗子所能想像得到的深遠；她深知淨空和尚很賞識自己，因而在任何情形下會為她指點迷津。最重要的是可以信託，他是真能捨身以救人的佛門高僧。

不賣豆腐，時間便難得過，柳青青不時想起小熊來，甚至有些憂慮。但她得硬下心腸，開啟有別於昨天的生活步驟；首先是靜下心來，約束起自己情緒。這很困難，她內心深處一面在築深溝高壑，一面自我覺出才築起來即告倒塌，她著實的在想念小熊；想念中小熊越來越是一個男人，越來越是她心裡愛著的「兒子」……

回到家，柳青青找出許多事來做，收拾平時隨便堆在牆角的瓶瓶罐罐，揩擦門窗，灑掃內內外外。無論怎麼勞累，她總想著兒子，想到兒子有一天會像頌寬博士一樣，也想到小熊如果考不取大學，那麼他又將和昨天以前的二十年一般，二十年如一日母子相依；她想到小熊躺在懷中時的可愛，也想到近幾年來與兒子親近時突然感覺到的慾念，它來自一種生理與情感的吸引，卻即時被彈開。她非常清楚是異性相吸的原由，然而他是她的兒子，是她從小養大的兒子，而這個兒子近些時來是守護著她、戀著她和愛著她的一個男人，他一直膽顫心驚的向她試探，渴求著像他小時所得到的一些親近。她看出來，為了這點本該是沒有什麼擔驚受怕必要的待遇，他忍耐著，克制著，以致陷入一種怕失去所依的可憐情境中。柳青青如此清楚小熊的心理狀態，因而感到難過、自責，想尋求一條不傷害母子之情的道路，也可能是一條難於上青天的道路。

太陽西下時，柳青青獨個人吃飯，腦海中總掛念著兒子，怎麼也沒法停止胡思亂想。於是她後悔停工四日的決定，閒下來的日子是這麼的難以打發，驅逐不去像鬼魔附身的胡思亂想，這哪裡是村中人人尊敬的豆腐嬸？自己是不是非有小熊在身邊不可，是不是自己正走向墮落之途？

怎麼就說得上墮落呢？我不是一個很受各方尊敬和讚美的賢母嗎？所有的一切，都只是心理上的煩惱。應該是這樣，我要謹守著堂堂慈母的尊嚴，不能有所失。柳青青準備，要影響小熊不要只知道媽媽，只望著媽媽，天下有的是賢淑可愛的女人，兒子應該娶個好媳婦。

她整夜不能入睡，夜是如此的漫長，迷迷糊糊的走入夢境中時，彷彿小熊也在身邊，像小時候一般躺在她懷裡，忽兒像黃開誠，一個英俊的男人與她纏綿在一起。為這些心理變化，柳青青曾反反覆覆想，與兒子之間須有隔離，而小熊如考取大學，當然再好不過。那麼，我必須忍受寂寞，修心養性，再是小熊，他是不是會漸漸的因離家求學而把戀母的情熱淡下來，願蒼天保佑，讓我們母子間在平靜中度過一生，不要有任何兩性之間的情感煎熬。她努力從所知的正大光明方向尋找定力，她也彷彿覺得，諸多正大光明的理由實際都很脆弱，不堪人間情愛一擊！她懷疑自己的整個情緒，好與壞都已被生理與心理的需要傾向所支配……

寂寞的過了一天，竟如此的煩惱。

廿二日，她照樣做家務，用做不完的本是不必一定要做的工作拴住自己，使不要胡思亂想。中午時，那黃醫生還帶著女兒來拜候，觀察一下。柳青青內心中竟對來客感到厭惡，下意識中，她覺得有一種傾向，環境或人，正要把她的心肝掏出去，把她推入寂寞的深淵裡。只頃刻間，她又責備自己神經質，宜寬宏達觀一些，隨事不要從壞處想，要不然就是自找苦吃，一切不都是好好的嗎？村中人都敬重我這豆腐嬸，都喜歡我的兒子。

一個人隨便的吃了晚飯後，柳青青習慣地洗了澡，因為家中就只一個人，她穿了單衣和一襲紗籠，感到非常舒服。時近黃昏，她開始想到就要來臨的漫漫長夜。

輕輕的敲門聲，打斷了豆腐嬸的思緒。

一開門，走進來的是小熊。一見到媽媽，他像一隻走失了的狗突然見到牠的主人；小熊放下手中的箱子，擁向前抱緊他離開快兩天的媽媽，親她的臉，叫著媽媽，滿眼的興奮淚花。柳青青來不及推開兒子，但瞬即想到她只穿著一件單衣，攏著一襲紗籠，她深恐這會使兒子難以承受。事實上小熊並沒有異樣，他只是一度別離又得相見的激動。然而這完全出乎自然的偶然之間的擁抱，竟使他有點心蕩神馳，他直覺到媽媽比他離開之前可愛、豐滿、溫暖……

柳青青的心靈有不尋常的震撼，重溫到男性的熱力。她保持著鎮定，把兩隻手搭在兒子肩上，從而推開他以便面對面的講話。

「小熊，怎麼搞的？你竟返回家來！」

小熊答道：「經過深思熟慮，我決定今年不考，明年再說。我不能離開媽媽，我不放心。這一切容我慢慢的解釋。今年不考我明年仍是可以考的。媽媽明白嗎？小熊要守護著您，因為小熊很愛媽媽；媽媽千萬別責怪。是嗎？媽媽不會責怪小熊。」他像一頭低飛的鷹在審視眼下的荒野。他媽媽的神情深奧無窮，但對他之折返來，沒有責備而似乎輕輕的嘆了一口氣。之後說：「進屋去吧！你大致還未吃晚飯？」

母子倆進到廚房，小熊揭開飯鍋便說：「還有這麼多飯，我只泡點開水吃點鹹菜就行了。」柳青青卻非常溫柔的說道：「你去收拾收拾你的房間，媽方才也還沒吃飽，我要做點菜，半點鐘後，和媽一起好好的吃。」

幾乎是小熊長大以來，還不曾只倆母子吃飯，歷來是和家中傭工一位或二位一起，匆匆忙忙吃飽了事。

回到家後的小熊，曾經激動把媽媽抱緊而驟然間有點心蕩神馳的小熊，開始感覺到家中這麼清靜，沒有別的人，只有他深深愛著的媽媽；而從來溫柔的媽媽，今天好像特別豐滿；他方才抱緊離開了兩天的媽媽時，分外的感到溫暖，感到幸福而努力抑制著自己。他內心裡覺得，他的情緒像在飄飛著一般，有深感羞愧的性的衝動。

柳青青覺得心情特別好，到廚房準備飯菜；切開的菜還沒下鍋，小熊就站在她旁邊了。他說要來看著媽媽做。柳青青嘴裡說著你別來礙手礙腳，卻沒有叫他站遠一點。她知道小熊在審視她的一舉一動，他非常快樂的，像一隻哈巴狗一會兒左一會兒右，簡直就把臉湊近來聞她的脖頸、頭髮。柳青青覺得好笑，但意識中有一股異性的引誘令她施展自身的美，而立刻想到此時只穿著一件單衣，一襲紗籠；如果不是因一個人在家而如此，就顯得輕狂了。她知道小熊此時在伺機窺見她的身體，更清楚自己的身體和儀態的吸引力並非一般，反正那是一直在她懷中長大的孩子，一個兒子依戀著和愛著媽媽，似乎不是男女兩性的愛。不是兩性間的愛，那麼自己為什麼心情這麼好？而且隨時都在一種衝動的感覺中。柳青青一邊做菜，一邊在胡思亂想，甚至預感到難以抑制。終於她說了聲：「小熊，你都那麼大了，還像小孩一般……」

小熊只轉移了視線，俏皮地說道：「媽媽，我去擺碗筷好嗎？」但他並不走，他媽媽也只笑了一下，加了聲「小熊」，又重複了一聲：「小熊！」

她有些怡然自得的飄飄然感覺；心知小熊是在一種意馬心猿不穩定的狀態中，非常的憨厚可憐。不能讓他如此下去，但不知要如何表態。柳青青只是謹慎的致力於把小熊定著於兒子的情份地位；不過她自己有些意亂情迷，覺得有些恍惚……

她做好菜，擺好。然後與小熊坐下吃飯。這還是第一次靜靜的母子二人共餐。柳青青望著兒子吃得那麼甜。小熊發現他媽媽只是裝半碗飯，慢慢的陪著他吃。小熊陷在一種幸福感中，他不由的重複已說過多少次的話：「媽媽，小熊多麼愛您；我希望永遠在您周圍，不離開您。媽媽，您答應我就只愛小熊一個人嗎？」說後他望著她。柳青青保持著鎮定，忍下心一板一拍的，簡單的對小熊說：「媽媽不是對你很好嗎？但小熊，男兒大丈夫，不該只一輩子在媽媽身邊；總有一天，你要獨立生活，娶妻生子。你想過這些沒有……」

小熊突然間停止筷子，很堅決的和他面對著的唯一所愛著的女性，帶著抗議的口氣說：「小熊的好媽媽，我什麼都想過了；我什麼都不要，就只想守護您一生，除非媽媽不要我，我不敢想那樣的演變會是什麼結局？但我沒有想過，媽媽，我在您的身邊您有什麼不愉快嗎？可媽媽和小熊在一起不是非常好嗎？我就愛這個現狀，請您無論何時都不要說要小熊娶妻生子的事，我不要，我只求永遠的愛妳，媽媽。說著，他緊握著柳青青剛放下筷子的手，他抑制著體內的衝動，把發抖的手縮回，望向他媽的眼睛，他發現那張他愛著的臉分外的好看；從而她的眼裡晶瑩，深不可測，她一言不發，只輕輕的嘆了一口氣。柳青青心裡在想著「冤孽」，她很愛癡迷憨厚的兒子，但有些怕這個癡迷的男子漢，他曾一再在她印象裡、夢裡是和黃開誠混為一體的男子漢，他難以驅逐和不願不忍驅逐的正發育得結實壯美的男子漢。想到這些，她難以自持，同時警惕自己，千萬要穩住、束縛住可能放蕩的情愛，無論多麼難以控制，都必須鎖著母子關係的大門。

小熊儘量維持著雖愛得發抖但謹守著做兒子的分寸；柳青青雖處在意亂情迷中，但深有把握小熊在任何情形之下都能謹遵慈訓，不敢有失。

順蒲村柳青青的家靜悄悄的，柳青青已經挨過寂寞的一夜；小熊四週看了一遍，覺得自小以來看慣的這個家是這麼的溫馨可愛；在這片靜寂的環境裡，他的呼吸是如此的舒暢，除了他和他最愛的媽媽，這片環境中就再沒有別的人，他討厭有別的人，最喜歡只有他和他要守護的媽媽；他而且深信那個他深愛著的媽媽也很愛他，他很多時想要緊緊的抱抱她，而且在作如是想時，有一種不好意思的衝動，因而他不敢。不過他想過，他要漸漸的尋求得到更多的溫暖。他曾經想過很多不該想的事，而與之齊來的身體的衝動往往使他難以冷靜，他必須忍耐下去，否則也許他的所愛會在一瞬間像鳥兒一般飛去，那是多麼可怖的結局，因此他必須小心翼翼隨時審視他情感及愛之所寄的媽媽的心情，她快樂，他才快樂；她如果不高興，特別是因他而不高興，他的自尊心或將因此而崩潰。

今天這餐晚飯，不知為什麼進行得慢吞吞的，同時帶有一種從未有過的情愛，或者竟是一種捨不得它收場的刺激，如履薄冰，卻又身陷溫暖之中，人生最美的感受似乎應該在未知結局的探索過程中，在激動的抑制中，甚至在某種欲望的衝動邊緣的掙扎時刻，會是立時熄滅或一生難忘的刹那……

飯後，柳青青以飽含著無限愛意的聲音說：「小熊，你去附近走動走動也好，到你睡房中看看書也好。媽要收拾收拾桌子，洗好碗筷，也就到休息的時候了。」

小熊聞得到他媽媽口語中的愛意，他感到無限的歡樂。望了他媽媽一眼後，他走開，走到門外，跑跳了一陣，又走回來。他媽媽剛把碗筷放好，當知道小熊在身後時，回頭望了兒子一眼，見到一副爽朗的笑臉，興高采烈的青年小夥的容顏。小熊走近，把嘴貼在他媽媽的後頸。他媽媽沒有不高興的反應，說了聲「別胡鬧，癢酥酥的。」小熊笑起來，說：「媽媽好香！」

天已黑，柳青青揩了揩臉，另換了套衣服，也是一襲單衣，她有意無意的要在小熊心中保持著整潔、大方和溫柔的印象。小熊眼中，他媽媽比以往任何時候豐滿溫柔而且漂亮，對他有不可抗拒的引力，但對他來說，他愛著的媽媽還有一種神聖不可侵犯的力量；他愛她又有些怕她，怕她減低他在她心中的歡喜。然而今天，從回來到現在，媽媽一直和顏悅色，一直心情愉快，而且散發著香味和愛意。小熊欣喜得哼著歌曲，他肯定媽媽對他遲一年才再考大學的決定完全接受，這是近乎接受他要一輩子守護她的意向，因此他的膽子已開始大起來，他可以像前幾年一樣的抱緊他媽媽，重溫令他舒適而無限自在的溫暖，那是他最愛的時光，只要圍繞在他最愛的人之身邊，他就心滿意足，別無所求……

柳青青這時輕聲的對小熊說：「媽媽有點累。想早點休息，但不會輕易入睡。你也去睡罷，看書也好。」

小熊竟壯起膽來說：「媽媽應該去躺一躺，但我還不睡，我想在媽媽床邊那把小椅子坐著，和媽媽講講心裡想說的話，說說我的計劃。到了媽想睡時，我就去睡。」柳青青聽了很高興，她不說什麼，但心裡明白小熊要講的，無非他不願離開她，不過這也是她心中的煩惱，不想讓兒子離開，但又深恐誤了他的前程。然而問題已不這麼簡單，小熊已有自己的主張。她想：當前的情境是不願讓他離開，也已驅逐不了他；似乎只要她作個不高興的樣子，或者聲音大一點，都會很嚴重的傷害小熊的自尊心，他已經非常注意守住他的本份。再說，這冤孽，的確是條蘊藏著無限魅力的英俊男子漢，也許就讓他守在身旁，依舊維持著這種並無什麼問題發生的日子，已是不可改變的現實；這個現實如此的令人心喜而隱藏著難以遏止的情愛的暖流。

柳青青閉著眼睛躺著，靜靜的休息著，但才一瞬間便想到小熊也許就要走到床邊，她瞞騙不了自己是在期待，看著從小養大而深愛著自己的好兒子，是快樂也是安慰；複雜的是，意識中有個足以教她不能抗拒的男子漢的影子出現。立刻，她又責備自己胡思亂想。

小熊在房門口低聲叫了一聲「媽媽」後，他慢慢的移動腳步，像怕嚇飛了眼前可愛的小鳥，小熊小心翼翼，他從他媽媽床下拉出小椅子坐下，這時他見到他媽媽張開眼，小熊又再叫了一聲媽媽，柳青青小聲的說道；「小熊，要講什麼就講罷！」小熊靜了一會說：「其實也沒有什麼要講；要講的話一句就包括盡了，就是小熊要一生守護著媽媽。」之後他審視他媽媽的表情，他發現的，是他深愛著的媽媽很美很美；她不說一句話，只伸出一隻手來摸摸他的頭，像多少年來一樣，用摸摸他的頭表示愛他。小熊立即覺得一身發熱，激動而一時不知如何是好；他握緊他媽媽的手，拉到嘴上吻著；一直不放的親著……

柳青青想要拉回那隻被親著吻著的手，但手不應心，反以另一隻手去摸小熊的頭。他有些恍惚，一切快將無所作為，她已陷入一切聽其自然的浪漫境地；她感覺得出小熊的手熱得不很正常，而且傳遞到她的身體裡。小熊的呼吸急促，他衝動，以致有些顫慄，從而流出熱淚；柳青青的手腕濕了。她的心跟著戰慄，但身體已類乎進入夢境。擺不脫身不由己的境況，她閉了眼睛感受一分一秒的刺激時刻。她彷彿聽到小熊不很清楚的語意：「媽媽，小熊叫您一聲青青行嗎？」這之後，小熊的手已摸著她的臉，她不但無力抗拒，反而把小熊的手拉到嘴上親吻；她意識中，是一個自己喜歡的男子漢正和自己陷入愛戀之中；一種不能抑制的情慾在燒著她的心，煮開了她的浪漫的情感……

小熊已升入愛的頂峰，他正傾全心力愛戀著所愛的女人；嘴已吻在她的嘴唇上。驟然；黑了！停電。

黑暗，搭救了兩個在慾海中掙扎的生命；把兩朵愛心併在一起；使一個兩個人的家變天！

順蒲村沒有發生什麼事情，只傳聞淨空和尚還俗後會與豆腐嬸結婚，小熊今後就是小普陀寺的住持。然而，這全是淨空拯救柳青青母子的玄虛，有道高僧為了愛這個女人，讓她在一段時間後，與癡愛著她的人成雙配對。這是淨空和尚說的，柳青青的「般若」並非一般，她的道法很高，而內心裡愛著她的大和尚果然能將壞事變為好事，也把他深藏在心深處的愛拋下捨身崖。

（二〇〇四年一月卅一日）

附錄

人似在山泉水清

——金沙府上喝下午茶

／嶺南人

劉舟從泰北，今石自北柳，下來曼谷；約好苦覓，我們一行四人，六月三日下午二時許，聯袂登門造訪魏老；在他府上，喝茶、聊天，共度了一個愉快而溫馨的下午。

魏老知道我們約好來訪，早已開門等候；看見我們並肩走來，立即步出門外迎接，把我們迎入客廳。

他家，住在鬧市一條巷內，一間排屋，樓下是客廳，也是書齋。跨入屋內，只見兩邊牆上，掛滿字畫、對聯和照片。內進，靠牆的書櫃裡，擺滿書冊；牆角，幾張木几上，擺著巧雕、奇石；有一奇石，狀如飛鷹，昂首，展翼，撲撲欲飛。

石鷹之外，有一幅水墨畫，出自名家之手，也是一隻欲飛的鷹。看來，魏老對鷹，情有獨鍾。牆上，掛著一張他的玉照，騎在馬背，奔馳山林間，那飄逸的身影，頗有飛鷹展翼的氣概。

滿屋書香、墨香。身居鬧市，卻無車馬之喧鬧，只聞清清淡淡的書卷氣，令人覺得心靜神寧。

魏老稱他的家為「蝸居」，窄是窄了一些，小是小了一點，但心靜天地寬。終日與詩書、字畫為伴，面對名家墨寶，養眼而怡神，往來無白丁；何陋之有？「山不在高，有仙則名。」

互道安好後，在沙發坐下，魏老坐在他的籐椅上，魏太立即端來清茶、水果，款待我們；茶香裊裊，我們，一邊飲茶，一邊閒聊。五湖四海，天南地北，話題，不離詩、書、畫。

座中，苦覓，是畫家，也是詩人，新詩、舊詩，出手不俗；今石、劉舟，是詩人、作家，寫詩、寫小說，也寫散文，多才多藝，於字、於畫，也頗有心得，有較高的鑑賞眼力。主人金沙，自四十八年渡海南來，就在報界馳騁，跨越兩個世紀；當過編輯，當過主筆，寫社論，也寫小說、詩與散文。文品人品，道德文章，都令人敬仰。我們，以文會友，亦師亦友。大家，都是詩迷、字畫迷。話題，就從王門的字畫談起。

魏老府上，藏有王門的墨寶：有字，也有畫。右手邊牆壁上，掛著一幅《松鶴圖》。松，昂然矗立，頂天立地；鶴，展翼翩翩，頭頂一點丹紅，栩栩如生。左手邊牆壁上，掛著兩幅狂草，一幅石達開的詩，落款贈於魏老：

戍馬倥忽又七年
聲震東南日月邊
中原逐荒緣何事
只為安民解倒懸

「請看！」魏老指給我們看：第一行的「忽」字，少了人旁；最後的「縣」字，又少了「心」。不知道，是石達開的原詩就如此，還是王門有意為之？魏老曾問過他，回答說：「記不住了。」高人，深藏不露，故意留下「留白」，引人聯想遐思。

另一幅墨寶，也是狂草，落款贈給魏老女公子飛飛。

世事洞明皆學問
人情練達即文章

觀其筆法，狂而有度；佈局，疏密有致，收放自如。我說，比石達開的詩那一幅，更爐火純青。

看了王門兩幅狂草，一幅《松鶴圖》，魏老又拿出一幅王門的《牡丹圖》，是贈給他的閨女妮妮的。攤在地上，給我們欣賞。牡丹，乃富貴之花。名家牡丹，貴在神韻：雍容華貴，不帶俗氣，而不在形似。

苦覓，終於開了金口。他說：「王門的牡丹，潑墨著色，華而不俗，比中國大陸一些畫牡丹的名家，也不遜色。王門的畫，比他的字更好。」聽了行家的話，深得我心。可惜，王門一生，隱居深山，鮮為世人知聞。魏老取出他收藏的王門畫冊，贈給苦覓；寶劍贈俠客，得其人矣！

魏太不斷為我們上茶，滿屋茶香、墨香。我們的談興，愈談愈濃。魏老再從書櫃裡取出一幅輕易不示人的古畫，在地上攤開來，二丈餘長的長卷，是唐寅的「山水」，給我們觀賞。劉舟看了，頓覺眼睛一亮：

「這是唐寅真跡！」他衝口而出。他說，唐寅的落款，「唐」字有一勾。

「你們看！」他指給我們看，果然有一勾，向左上方勾起。

唐寅的「山水」，左手邊附有文徵明的跋。今石對文徵明的字，頗有研究。他指出其中的「鳥」字，說，這筆法，當屬文徵明的手跡。

請教畫家苦覓，他說，鑑別古畫，第一是紙，其次是印章。辨別真偽，要請專家鑑定，他不敢下結論；但有一點，可以肯定，這幅畫，即使不是真跡，也是骨董，今人畫不出，做不來。

談興正濃之際，我抬頭觀望，看見右手邊的牆壁上，煥然一新，魏老又花一番心思，重新佈局：中央一個丹紅的壽字，是刺繡。壽字藏有八仙，人物栩栩如生。魏老說，是他閨女留學北大時，從北京帶回來的壽禮。上方，是王門的《松鶴圖》；兩側，是一副對聯：上聯「心如出岫白雲靜」；下聯「人似在山泉水清」，落款「甲戌百歲零四叟郎靜山」。原來，是郎老的墨寶。魏老告訴我們，是陳達瑜伉儷贈給他。說時，喜悅之情，形於言表。一方面，可見魏老對郎老敬仰之情；另一方面，郎老的對聯，冥冥中似為魏老而寫，終於落入魏府。金沙前輩，來自雲南。雲南多彩雲，他似一片出岫的雲，雲遊南來，「心如出岫白雲靜」。他寫懷念郎老的兩篇文章，均以「雲」為題，最近一篇是〈雲的迷思〉，兩顆心，以有靈犀一點。多雲之外，雲南又多高山、多山鷹、多深林、多山泉。山有多高，水有多高。魏老，似一泓出山的清泉；雖出山多年，寄身塵世，人，依然出山而不濁。我借郎老的下聯：「人似在山泉水清」為題，記下我們今天在魏老府上喝茶、聊天的情景，以存其實。

陳達瑜伉儷，可謂知人知心，將這副對聯，贈以魏老，可謂得其人；掛在魏府，可謂得其所矣！人與人交往，講一個「緣」字，人與字畫也是。無緣，擦身而過；有緣，方落入你家，冥冥中似有安排。郎老九泉之下，倘若有知，想必會說：「知吾者，達瑜君也。」

由達瑜兄介紹，我與郎老，曾有過一面之緣。一襲青衫，一身仙風道骨，字如其人。郎老已歸道山，會見其字，如見其人，高山仰止！

觀賞了魏老的收藏，我們的話題，由字畫轉入詩文。世界日報副刊，自今年元旦開始，每天一首，已刊登了一百多首「刊頭詩」，其中，不少晶瑩可愛之作，令人愛不釋手。

短短六行內的「刊頭詩」，的確下筆不易，要寫好更難。我們都有知難而上的雅興。覺得好玩。有人說，小小詩，是戴腳鐐跳舞，跳熟了，跳精了，自會舞姿瀟灑，步法自然而熟練。

談興愈談愈濃，不知不覺間，已是下午五時。劉舟晚上還有約會，只好依依告別。魏老一直送我們到巷口，依依揮手。

整個下午，在魏老府上，喝茶、聊天，觀賞他的收藏。滿屋書香、墨香、茶香，一席清談，如沐春風。輕鬆而自由，無拘無束，共度一個愉快而溫馨的下午。

（載二〇〇三年八月十六日《世界日報・湄南河副刊》）

金沙不老

——落蒂這樣悄悄的對我說

／苦覺

二〇〇四年十一月廿六日，湄南河文友和台灣、印尼來的文友，在曼谷是隆路的上海小吃店二樓相聚餐敍，那天正是泰國一年一度的水燈節，我們二十幾位文友，在歡樂的餐敘中，享受了物質和精神上都很豐富的食糧。

席間，一曲水燈節代表樂曲《喃旺水燈節》，把我們的歡樂引向了高潮。那是春天的歌聲，那是藍色的精靈。於是我們心的海洋澎湃了。

金沙、摩南、翁惠珍等，聞歌起舞，那浪漫靈巧輕柔，似專業又非專業的舞蹈，使我們大開眼界，更使我們激動無比；整個餐廳都變成歌舞的海洋了。

稍微隨曲欲舞的落蒂對我說：「金沙不老！」是啊！金沙永遠不老。（歷史上姜太公八十方大展宏圖，老子八十方誕生呢！）

古代有鴻門宴的「項莊舞劍」。

今有墨客相會的「喃旺舞」。

前者殺氣騰騰，為陰謀而舞。後者為禾而舞，為緣而舞，為文而舞，為詩而舞，為社會的平安而舞，其樂無窮；文人原來就比政治家快樂啊！

啊！你看照片中，老羊心動了，周鎮榮也心癢了，他們把身都轉了過來，做好了隨時踏歌而舞的準備，而我們的林主編煥彰兄早已跟在金沙和摩南、翁惠珍三人的後面蹁躚起舞了，雖然編輯的袖子此時不長，但那飄逸的一頭披肩的霜髮卻也發揮得淋漓盡致。

而緊靠在他們的旁邊又是誰呢？一定也正在開始年輕了。那旁邊的旁邊，像金沙一樣的年輕，就這麼一直向外延伸，所有的人都年輕了，包括了我。

在金沙和摩南和翁惠珍等人的帶動下，整個大廳都舞動了，包括思想中，心河裡，腦海中，血脈裡……

可是，可是，朋友，你們是否知道，我們的金沙老師已是八十幾歲的老人了。當然，你們更加無法看出，這麼快樂幸福的他。在一九四三年日本飛機轟炸昆明炸死無數人時，他是其中之一的倖存者，而後又以青年人的熱血投入了抗日救國之中。當然，你們也無法看出，這麼快樂的他，曾在五十年前，從中國至泰國的海中的紅頭船上，他的那份惆悵那份孤獨，茫茫大海中除了海水還是海水的那份憂鬱。以及踏上佛國之初的離鄉背井無依無靠的心情……

然而，他還是走了過來了。

因為在他心中有著一支舞動的筆，和一池永不乾涸的墨泉。於是他笑了，心中每時每刻都是黎明，於是在報界為文化服務的他，一篇篇燦爛的文章，一首首美麗的詩歌，隨那大翅膀的鳥飛進了千家萬戶。

在困難中，他保持樂觀，在工作中保持愉快，在疲憊中保持心平氣和，在處世中寬人嚴己，平易近人。

在名利中保持淡泊，在物質享受中保持清清淡淡。

正因如此，在經過了這幾十個春秋的風風雨雨中，換來了今日八十幾歲了，還青春煥發的人生。在他自己一生的文化國度中，他是一位明君。他跟他的臣民，共甘苦同進退。我讀他的文章，讀他的為人處世、待人接物，以及展現在眼前的水燈節中的舞姿，我深深地被他的精神所折服。

仁者，無量壽。

仁者，不老。

於是，我更加信心百倍了，有這樣的前輩，有這樣的老師，為我們做榜樣，還有什麼黑的夜不能突圍的？還有什麼溝溝坎坎不能跨過的？

能文能歌能舞的人啊！——我們不老的金沙！

看著他跳出的十八歲的狂，我永遠不能理解，他是以怎麼樣的心胸忘卻，忘卻抗日時期的苦難和艱辛和傷痛。

看著他舞出的十八歲的夢，我永遠不能理解，他是以怎麼樣的心胸忘卻，當年初來暹羅時，急風暴雨的襲擊，和曾經黯然的情感。

看著他歌出的春，我永遠不能理解，他是以怎麼樣的胸懷，忘卻他的生命旅途中，那重重疊疊的艱難的步履。

只有具備崇高理想的人，才能瀟瀟灑灑的走了過來，再痛痛快快的去迎來一個又一個的朝陽。他是成功者。

啊！精神哉不老哉，金沙！

優美的水燈舞曲，輕柔的舞姿，如蘭中的蝴蝶，翅翼輕靈，蹁躚著，帶我們來到真實的意境。劃亮火柴吧！把那水燈點亮（儘管黑夜尚未來臨），讓沒有陽光的季節，快快凋謝；讓湄南河的水面躍動的火苗，跳動著五月的激情。

舞曲繼續著，蝴蝶蹁躚著，輕盈地飛過那一格格方形的溢香的稿紙，讓那方格子裡長出一季又一季的故事，一季又一季的詩和歌。

我們舉起手中的杯，扭起腰肢，激動於金沙的精神，激動於金沙的真實的舞步——正如宋代畫家馬遠的作品《踏歌圖》中的人物。

我們都醉了，我們都狂了。

喃旺舞曲和舞蹈中的金沙、摩南、翁惠珍等三位，使我們一群來自五湖四海的文友，於曼谷的正午，最先感受了水燈節的快樂與幸福。

使我們的血脈裡，航行著一盞又一盞光明之燈。

我可以這麼大膽且肯定的說，八十幾歲人的舞蹈，應是世上最美最真的舞蹈，那是曾經滄海、真情實感的語言。

我真想，為之伴唱，為之伴舞，儘管我五音不全，儘管我腰板太硬，儘管我腳步太笨拙。

今天的舞蹈，絲毫沒有事先安排，絲毫沒有胭脂粉的化妝藝術，一舞就通，一舞就會。

一切就是這麼的真實，這麼的自然。

如駱駝般在沙漠中跋涉的笨拙的我，那怕傾盡生命的全部熱望，都感悟不透的。

我要學習金沙老師的格調品行，並將那天——水燈節中，永遠不老的美好的形象，永久的存放在心中。

歡快的音樂旋律繼續著，喜悅和愉快無盡無休的洋溢著，舒展了我日子中被生命鎖緊了的眉頭，消融了我獨步街頭風中雨中的疲憊，驅散了我陽光下不切實際的夢幻。

跳吧！舞吧！歌吧！願我們的金沙老永遠年輕。

跳吧！舞吧！歌吧！願水燈節中的水燈，燃亮我們的心燈，呼應天上的圓月和滿天的星星。

跳吧！舞吧！歌吧！願我們泰華文壇，永遠光彩奪目。

歌聲和優美的舞蹈，帶給了我們豐富的靈感，帶給了我們新的思想，且歌且舞的我們，最後都把自己的心靈小品，寫在了四尺的宣紙上。

「只要不斷尋尋覓覓，一定會有好的成果。」摩南第一個這樣說著（金沙執筆代寫）。

「人，不受權力、金錢的操控，始有真的自我。」金沙第二個拿著毛筆這樣寫著。

他那懸腕、中鋒行筆、飛龍走蛇的行書，粗重與輕靈互存，氣息盈轉而活脫，一如金沙本人——不老的人生。

舞，喃旺——致舞蹈中的金沙

八十歲的壽者
跳出十八歲的狂
八十歲的仁者
舞出十八歲的夢

八十歲的善者
歌出十八歲的春

（二〇〇五年二月十二日）

把白骨摸得滑如凝脂

／落蒂

葉嘉瑩在〈亦余心之所善　雖九死而不悔〉中說：「有一類詩人，他們寧可忍受痛苦也不肯放棄，明知無濟於事也要堅持。他們說『春蠶到死絲方盡，蠟炬成灰淚始乾』（李商隱〈無題〉）；他們說『日日花前常病酒，不辭鏡裡朱顏瘦』（馮延巳〈蝶戀花〉）；他們說，『妾擬將身嫁與一生休，縱被無情棄，不能羞』（韋莊〈思帝鄉〉）！他們在用情的態度上固執到極點，那種執著使人感動，使人無可奈何，同時也使人肅然起敬。」（引自《詩馨篇》（上）台北書泉出版社出版）

讀了葉教授這一段文字，使我忍不住再多讀了幾篇二〇〇五年二月一日的「最短篇」金沙作品〈摸〉，那是多麼深情的一段描述，「用情的態度真的固執到極點」，其表現方式雖似小說，但其本質我認為是詩的，我姑且把它稱為「詩小說」：

摸

金貴盛有錢有勢，仍是某大企業的幕後人。童顏鶴髮，無妻。都說渠乃獨身主義者。其居處優美，他經常在樓上坐禪，禁止打擾。平時有心腹王康來吃飯閒談，報告經營情況。某日他有急事，竟登樓入室。見金老坐禪之際雙手在一木盒中蠕動。王康細看，見是一盒白骨。金老發覺大罵。最後透露此乃當年愛人之骨，望勿洩漏；並認真告王康：「這就是愛！摸了六十年，每根骨頭都已滑如凝脂」……

這麼一位有錢有勢的大企業老闆，居然終身不娶，經常在樓上坐禪，讀者一定會產生好奇心；顯然作者做了一個很好的扣子，也就是詩法上的「懸疑」，吸引你深入探討的興趣，然後製造一個「意外」，讓心腹王康偶然撞見他坐禪時的機密——雙手在木盒中蠕動，原來他在摸愛人的遺骸，且已經摸了六十年，每根骨頭都滑如凝脂……讀後深受震撼；這麼一位用情專一的情聖，可說舉世無雙。把這麼固執到極點的用情態度，如此凝鍊的寫出，不是詩是什麼？所以我說它是「詩小說」。許多極短篇、微型小說都有詩凝鍊的特色，說得白一點，就是如結晶、如鑽石。台灣許多詩人把詩寫成散文的形式，大家都說是「散文詩」；許多小說也寫成詩的精煉，大家只叫極短篇，但我讀了金沙的作品，突然靈機一動，何不稱「詩小說」？他的寫法如詩，濃縮如詩，當然可以叫「詩小說」。我說「金沙不老」，重點在讚美他靈活的頭腦，許多雖只有十幾二十歲，但思想老化，不知創新、變通，無異老頭，所以麥師的房間除了掛〈為子祈禱文〉之外，就掛了一篇〈青春〉：「青春不是桃紅的臉頰、朱紅的嘴唇，青春是一種心理狀況，心理年輕，有時七十歲比十七歲還要富青春氣息。」看金沙的〈摸〉，佩服其巧思及創造力，他年輕的手，已經摸到了我的心裡去了！

（二〇〇五年三月廿八日）

願科幻變為現實

——讀金沙先生〈她要與我結婚〉有感

／藍菼

小說難寫，科幻的小說更難寫！

你有經天緯地之才，卻沒有天馬行空的想像力和邏輯推理能力，是難以寫好一篇科幻小說的。六月四日「湄南河副刊」刊登了泰華資深作家金沙先生的科幻短篇小說〈她要與我結婚〉，我讀後不禁為之拍案叫絕。其生動自然的故事情節及合理安排的處理方式，足以成影（拍成電影），足以怡情。的確，這是一篇佳構，我著實為它入迷！金沙先生用一種超越時空、體現自我的思維方式把機器人「春娃」給寫活了；在他的筆下，春娃不僅具備人類的全部器官，而且有思想，有情有感。因而我想，與其說這是金沙先生的「科幻」，倒不如說這是他對未來的「預見」。可不是嗎？按目前科學日新月異的發展（諸如人造血、人造皮膚、克隆器官等），人類要研製您金沙先生筆下的「春娃」並與其「結婚」不無可能，它比起情趣商店中的「充氣娃娃」，應來得更有情趣、更加溫柔、更為真實，若果如此，那世上可能將永無單身漢，那些娶不到老婆或婚姻有離異的男士，只要有錢便可不必再受女人的氣，到有春娃的店中把她「娶」回家，只要控制她的「生死穴」，讓她溫柔體貼多情，豈不樂哉？

應當說，我沒資格評論金沙先生的作品，但我是科幻愛好者，對科幻的東西頗為「敏感」。以前曾讀過香港科幻作家專業戶倪匡的科幻小說，也曾讀過鍾子美先生的科幻微型小說，自己也嘗試過寫科幻小說，但礙於靈感在腦中僵化及心血受世塵所封而作罷。的確，人類敢於幻想（科幻），人類因為敢於幻想而出現了科學，而科學的創造卻改變了人類，造福了人類，讓人類從古往茹毛飲血的年代走向今天的電腦太空年代；人類因為幻想要像鳥一樣飛而發明了飛機，幻想要像魚一樣游而發明了潛艇……那多不勝舉的例子，不就說明了幻想把人類以往的「神話」變成了今天的現實？像現在，人類有《西遊記》中的「順風耳」—電話、有《西遊記》中的「千里眼」——電視；有《西遊記》中的「乾坤袋」——網絡；不但這樣，人類還會「騰雲駕霧」（飛行器）和「呼風喚雨」（人造雨）……可見，幻想已使人類從以往不可思議的課題逐步走向無所不能的領域。因而無可否認，幻想促使人類的進步，促使人類的發展？

在科幻（幻想）的領域中，西方國家要比東方國家更為「科幻」，更勝一籌。這是不是我們這個具有五千多年文化歷史的文明古國比他們「笨」，比他們「弱智」？我想應不是，因為我們的祖先是聰明的。我們有古代的四大發明，有劉伯溫之類的先知先覺；從遠古的「嫦娥奔月」到莫高窟壁畫上的「飛天」；從戰國時期的詩人屈原而對長空發出的「天問」，到明朝幻想家萬戶乘坐綁在一起的四十七根火箭飛向空中的嘗試，不都說明了這個問題？不都說明了我們是智慧的一族、科幻的一族？然而在競爭的領域中，西方人卻後來居上，將科幻發揚光大，這是否跟一個走極端、一個走中庸的思維方式有關？我真希望金沙先生筆下的春娃能在我們科學家的手中變成「女媧」，然後替我們補這塊「天」，補這塊科技不足的空白！

讀完金沙先生〈她要與我結婚〉這篇作品，我彷彿見到春娃就在我的眼前浮現，這並不是因為春娃的名字充滿著無限的引誘力而使我走火入魔，而是她「具有人類全部的器官」、她的「美麗動人」，如該文中生物學家蘇徐麗博士所說的「春娃真漂亮，恐怕任何男人見了都會動心……」；不但這樣，她還會沖咖啡、會跳舞，甚至會擁抱接吻、有思維能力……春娃的溫柔體貼，與人無異之處，在此可見一斑。是的，在想像的空域中，我著實為她傾心。假如有可能，假如有「緣」，那我也願意與她「結婚」，願意跟她締結終身。我真的佩服「我」——黃金富博士坐懷不亂的「定力」和「抽刀斷愛」的毅力。所謂坐懷不亂的定力，就是他在跟春娃擁抱接吻、戀愛傾向時，仍保持著清醒理智的頭腦，不為「情」所傷，不受「愛」與「恨」的矛盾心理所影響，牢牢地掌握著春娃的命門——「生死穴」，以免春娃有機可趁，釀成大禍；所謂抽刀斷愛，是指在最後危機感的意識下，毀滅了自己用心血換來的偉大成就——將春娃「處死」。文章至此已接近尾聲，然我對情節的發展仍不甘罷休，仍聯想翩翩。可不是麼？要不是黃金富博士在最後卻義無反顧、大義「滅親」，那結局又將會是如何呢？是春娃繼續揮拳傷人（曾因吃醋而打傷黃金富博士的太太，後導致她神經）？抑還是春娃反過來操控黃金富的「生死穴」，操控了一切，把人類推向萬劫不復的邊緣……？我真的不敢再想像下去了，唯恐電影〈魔鬼終結者〉的畫面會在我的腦海裡浮現。是啊！科學的發展與進步改變了人類，造福了人類，但在某個程度上卻也會帶給人類痛苦、帶給人類災難（如核武），因而在感想良多之時，我衷心地祝願科學家的「神經」、科學家的科幻能變為現實，然後繼續促進人類、造福人類，而不是挾持人類、威脅人類、毀滅人類！

走筆至此，我仍對金沙先生的這篇作品思緒萬千，難道他只是這麼給我們講一個機器人的故事？我想應不是；講故事應屬虛，他的實應是借「虛」言「實」，那就是，通過對創造春娃、然後從愛到恨到讓春娃「遽歸道山」的一系列過程（虛），突出這樣的兩個問題（實）：一是「上帝造人，人怎麼能造人？」藉此說明萬物自有其發展規律，不能違背「天意」的道理。一是「美會變化醜」；從春娃開始的美麗動人、溫柔體貼到最後的揮拳傷人、恐怖威脅，不就在說明著這個問題？不就在說明著「內在的美才是真正的美？」文章的精妙之處，總是在最後能引人入勝，回味無窮，讓讀者從想像的空間中在陶冶情操、啟迪思想，不是嗎？

金沙先生寶刀未老。在科幻小說難得一見的《世界日報》副刊上，我不但熱切地盼望著他能夠「多產」，也熱切地想像著人類的未來……

（二〇〇四年十月廿四日）

五彩繽紛詩意濃

——讀〈雞足山下風雨雪〉有感

／老羊

（一）

讀金沙先生的小說，常常在沉醉於美妙的藝術魅力之餘，為他的歷史地理知識的豐富廣博及記憶力之強，而讚嘆不已。

兩年多前，讀了他的〈雞足山下風雨雪〉（二〇〇二年十二月廿日《湄南河副刊》），我跟他說：「可惜寫得太短，再長些才過癮！」又說：「十足可以改編成電影，而且會是一部迷人的影片。」

今年春節，利用休假時間再細讀〈雞足山下風雨雪〉，越讀越感到非寫篇讀後感不可，那怕寫得粗淺也得寫。

（二）

小說寫的是雲南彝族南詔閣羅鳳王子與鄰邦施望欠的女兒希嘉希花的一段悲劇。

施望欠在鄧川劍川間勢力雖不足道，但影響力巨大。南詔皮羅閣（閣羅鳳的父王）經多年東征西討，平定洱海週圍以至拓東一帶，把施望欠驅入深山。

驚心動魄的一段悲壯浪漫故事，發生在雞足山下。

南詔王子閣羅鳳追尋敗藏深山的施望欠一家，為的是奪得施望欠的掌上明珠希嘉希花。希嘉希花是「蒼洱遠近千里內外眾人皆知的美人，才藝雙全，滿腹韜略。」

皮羅閣駕崩，閣羅鳳登基，在上關五里坡草原上大群男女喝酒吃烤肉，歌舞狂歡的當兒，新登基的南詔閣羅鳳隱藏在商旅中朝劍川而去。閣羅鳳此去有兩大作為：一是構築彝族大團結，一是與大美人希嘉希花會親。施望欠為了彝族的團結，答應把女兒嫁給閣羅鳳。

那知，一個彝族大團結而有希望達至蓬勃興盛的大好前途，竟被半路殺出一個程咬金——沙多郎所斷送。沙多郎是閣羅鳳的手下，迷戀希嘉希花已久，在關鍵時刻跳出來爭奪情人。施望欠眼見自己「費盡心機設計好的全盤妙棋，行將被沙多郎打翻」，橫起心一掌把沙多郎滿口牙齒打落，沙多郎即時刺倒希嘉希花又刺殺自己，兩具屍體躺在閣羅鳳面前。

這是全篇小說的最高潮。小說結尾是：

就是這份愛和恨，唐朝李泌的廿萬大軍被閣羅鳳消滅於蒼山洱海間，而南詔軍一度攻入西蜀，擄走包括建築師恭韜及西瀘縣令鄭回等數萬丁口；大理三塔即是由恭韜設計所建，而鄭回卻影響了閣羅鳳走向親唐之路，他的業績盡在大理最有價值的《德化碑》。

（三）

故事曲折離奇。是愛情故事，又是政治故事，政治與愛情交揉。作者為省筆墨，寫得很含蓄，留給讀者廣闊的聯想餘地。

閣羅鳳愛希嘉希花。閣羅鳳的侍衛沙多郎也愛戀著希嘉希花。

施望欠向閣羅鳳說：「閣羅鳳賢侄，老夫把希嘉希花交給你，是為我們的民族團結，有她輔助你，南詔也許更有希望。我要告訴賢侄的是，大海能容百川，心胸要開闊，眼光要遠大，希嘉希花頗識韜略，你須愛她和珍惜她。」……就在閣羅鳳把施望欠遞給的鐔鞘交給希嘉希花後，在天堂與地獄邊緣徘徊的沙多郎挺身而出，要求與閣羅鳳拼命：「為了希嘉希花的美麗和智慧，奴隸要求我二人比劃一下，如果大王贏不了我沙多郎，公主就不該委屈。」施望欠兩個觔斗一翻，千斤重一巴掌打得沙多郎一嘴鮮血迸出。沙多郎飛快把手中的鐔鞘刺入希嘉希花胸膛，又拔出插入自己心口。……「雪地染上鮮血。施望欠眼見希嘉希花玉殞香消，即時氣絕歸天。」

這一段是這篇洋洋六千字小說的高潮，也是整個故事的核心。

雞足山下的雪地上，鮮紅的血譜出悲歌，令人驚心動魄，令人扼腕長嘆。從愛情的角度看，沙多郎與希嘉希花的魂魄成雙飛去，是壯烈的，可歌可泣的。從國家社會發展的角度上看，卻是一個錯誤了的悲劇，令人無可奈何。

（四）

上面提到，我曾對金沙先生說「可惜寫得太短」，又說「可以改編成電影，而且會是一部迷人的電影。」

並非信口開河。其一，故事撲朔迷離，但有歷史根據。人物著墨不多，但形象立體，生動突出。男主角英勇，女主角美麗。其二，是歷史故事，古朝代的場景與少數民族的服飾、生活情趣，在電影中必是五彩繽紛，不是嗎？讀小說已在眼前呈現耀眼色彩！其三，場景中有古代宮殿，有叢山峻嶺，有深鬱老林，有莊肅寺廟，有綺麗園苑。故事中出現軍隊，出現武打，還有酒會，有喪禮。無不引人入勝。

請看看上關五里坡草原上的歡樂場景：

……上關五里坡草原上，烤肉夾著酒香，大群男女圍著熊熊柴火談笑，頓時有一對男女被推在眾人前，那女的縱聲唱道：

五里坡來五里坡，
再送五里不算多；
再送一程有人問，
親親表妹送表哥。

一陣掌聲後，男的接唱：

竹子婆娑一樣高，
砍根下來做短簫；
白天吹得團團轉，
晚上吹得妹心騷。

大夥情緒激昂，另一對搶出人前，女的咳嗽一聲，撒出高亢嗓音唱道：

一把芝麻撒上天，
肚裡山歌萬萬千；
賓川唱到劍川去，
來回唱個兩三年。

又醉又狂，人人爭著要唱，頓時菸盒響起：「咕咕咕，咕都魯咕！咕都魯路都咕！」一時間，人人又跳又唱，墜入歡快中，陶醉在酒的飄飄然中。

這，不是一個十分迷人的電影場景嗎？當我讀到這一段時，眼前曾經浮幻出一幕幕樂曲與歌舞交融的醉人的立體畫面。

值得一提的，還有本篇小說的文字特點。有兩三段，簡直就是詩。這裡僅舉沙多郎跟希嘉希花的對話——

希嘉希花：「我可憐的青梅竹馬時的玩伴，武藝高強的沙多郎，多少人在欣賞你的英武——彝族中罕見的美男子，請你冷靜，冷靜始能看到晴朗的天，而你的天職是永遠保護我，是你無可限量的光明前途……」

沙多郎：「啊！希嘉希花，絕世美麗與智慧兩種材料打造的美人，無論你言語多麼真實，已不能使我從清醒中回顧懦弱；人生本都有期待要一覲自己所為的勝業，然而在揭開那秘密之先都沒有人能預告那是一個幻迷；我正要展佈生命無所懼怕的最後撲空以見證愛與死之間的角觸，甜蜜的青春之夢，一瞬便無痕跡！公主啊！在我顧盼神飛的這瞬間，你該拍手稱讚，俾我沙多郎在愛的微妙的感覺中迸散如眼前片片雪花……」

（五）

〈雞足山下風雨雪〉，美不勝收。

我的拙筆，所作的粗淺介紹，只到此為止。

（二〇〇五年三月卅一日）

編後

小說校對好，〈代序〉和〈自序〉俱備，封面及配圖準備好。又覺得有必要附載幾篇對作者具有極大鼓勵性的鴻文，以光篇幅。作者說鼓勵性，是真實的感悟；所附載的五篇文章，固然盡是讚美之詞，惟讚美也就是鼓勵，甚至類乎鞭策，例如詩人苦覺筆下的〈金沙不老〉，我每次看時都陷入淚花映眼的感受中，詩人苦覺輕輕帶過之處卻均蘊藏著濃墨重彩，我總是被帶回既往蒼茫而負重的時空。而且心理上添了一種「不願老」的撐持狀態，這應該是件好事。很感謝嶺南人、苦覺、落蒂、藍燄及老羊五位先生，慷慨的答應，容許我在《渡》這本短篇小說之末附載其鴻文，像一艘船的錠，使船隨需要可以穩定。而摩南的〈真實的金沙〉作為本集的代序，小說既增光，作者也好像更有活力了。

（二〇〇六年二月六日）

深情感動　無法釋懷

——「金沙作品集」在台出版校後記／林煥彰

金沙先生是我最景仰的一位泰華資深報人、知名作家，我敬仰他的人品、文品和文學成就；他有剛直的個性、正直的人格，有愛鄉愛國的情懷，一生安於清苦；他一生從事媒體工作，擔任過泰國華文報主筆，長期撰寫社論，又從事文學創作和有關南詔等史學研究；他的文學創作，包括新詩、散文、小說；小說又含短、中、長篇及極短篇；而樣樣精彩。

金沙先生生於一九二二年雲南建水，一九四八年旅泰，去年（二〇〇九）十一月五日不幸病逝於他定居六十二年的曼谷，享年八十八歲；我相當難過，痛失一位文學與人生的導師；在守靈期間，為了由衷表達對他的景仰與不捨，熬了幾過晚上，我寫下多達十六頁的悼念文章〈擎泰華文學殿堂一根巨柱〉，心情仍難平復！

金沙先生生前有個想望，可他又向來低調、客氣，不為別人添麻煩；他的想望是，希望有一天他的著作能在台灣或中國大陸同時以正、簡字版印行；這個心願，我一直擺在心裡，直到前年秋天，我和秀威宋總經理政坤、出版部林經理世玲談起，並獲支持，而徵得他老人家同意、簽下合作出版計畫；可因為出版時程排序以及老人家身體突發狀況，竟未能讓他親眼看到這套書的出版，是最大遺憾！

現在，這套書，包括散文集《活著多好》、短篇小說集《渡》、長篇小說集《閣羅鳳》、中篇小說集《寧北妃》（含〈點蒼春寒〉）共四部，同時推出正、簡字版，除遠在曼谷的金沙先生二三小姐妮妮和飛飛參與初校外，我也逐字看完初校和二三校稿；而每看完一篇或一部，便有更多更深感觸、感嘆和感動；無論散文、短篇或長篇小說，每每看到情真情深處，無不讚嘆落淚，無法釋懷！

金沙先生的為人和文學成就，是無話可說的！他的作品集能在逝世周年前，在台灣出版，以正、簡字版紙本及電子版發行全球，做為晚輩及文學愛好者，個人感到可以向金沙先生在天之靈告慰。

二〇一〇年八月廿一日正午
於台北縣汐止研究苑

語言文學類　PG0431

渡

作　　者／金　沙
責任編輯／孫偉迪
校　　對／妮妮　飛飛　林煥彰
圖文排版／陳宛鈴
封面設計／蕭玉蘋

發 行 人／宋政坤
法律顧問／毛國樑　律師
印製出版／秀威資訊科技股份有限公司
114台北市內湖區瑞光路76巷65號1樓
電話：+886-2-2796-3638　傳真：+886-2-2796-1377
http://www.showwe.com.tw
劃撥帳號／19563868　戶名：秀威資訊科技股份有限公司
讀者服務信箱：service@showwe.com.tw
展售門市／國家書店（松江門市）
104台北市中山區松江路209號1樓
電話：+886-2-2518-0207　傳真：+886-2-2518-0778
網路訂購／秀威網路書店：http://www.bodbooks.tw
國家網路書店：http://www.govbooks.com.tw
圖書經銷／紅螞蟻圖書有限公司
114台北市內湖區舊宗路二段121巷28、32號4樓
電話：+886-2-2795-3656　傳真：+886-2-2795-4100

2010年11月BOD一版
定價：270元

國家圖書館出版品預行編目

渡 / 金沙著. -- 一版. -- 臺北市 : 秀威資訊科技, 2010.11

面； 公分. -- (語言文學類 ; PG0431)

BOD版

ISBN 978-986-221-577-7 (平裝)

857.63　　99015591

讀者回函卡

感謝您購買本書，為提升服務品質，請填妥以下資料，將讀者回函卡直接寄回或傳真本公司，收到您的寶貴意見後，我們會收藏記錄及檢討，謝謝！如您需要了解本公司最新出版書目、購書優惠或企劃活動，歡迎您上網查詢或下載相關資料：http:// www.showwe.com.tw

您購買的書名：________________________________

出生日期：________年________月________日

學歷：□高中（含）以下　□大專　□研究所（含）以上

職業：□製造業　□金融業　□資訊業　□軍警　□傳播業　□自由業

□服務業　□公務員　□教職　□學生　□家管　□其它_____

購書地點：□網路書店　□實體書店　□書展　□郵購　□贈閱　□其他

您從何得知本書的消息？

□網路書店　□實體書店　□網路搜尋　□電子報　□書訊　□雜誌

□傳播媒體　□親友推薦　□網站推薦　□部落格　□其他__________

您對本書的評價：（請填代號　1.非常滿意　2.滿意　3.尚可　4.再改進）

封面設計____　版面編排____　內容____　文／譯筆____　價格____

讀完書後您覺得：

□很有收穫　□有收穫　□收穫不多　□沒收穫

對我們的建議：________________________________

____

____

____

請貼
郵票

11466
台北市內湖區瑞光路 76 巷 65 號 1 樓
秀威資訊科技股份有限公司 收
BOD 數位出版事業部

（請沿線對折寄回，謝謝！）

姓　名：________________　年齡：________　性別：□女　□男

郵遞區號：□□□□□

地　址：____

聯絡電話：(日)________________　(夜)________________

E-mail：____